Fairytale, Legends and traditions

Atabek Khnkoyan

ՀԵՔԻԱԹՆԵՐ, ԼԵԳԵՆԴՆԵՐ ԵՎ ԱՎԱՆԴՈՒԹՅՈՒՆՆԵՐ

ԱԹԱԲԵԿ ԽՆԿՈՅԱՆ

Fairytale, Legends and traditions

Copyright © 2016, Indo-European Publishing

Contact:
IndoEuropeanPublishing@gmail.com

ISNB: 978-1-60444-839-9

Հեքիաթներ Լեգենդներ և ավանդություններ

© Հնդեվրոպական Հրատարակչություն, 2016

Հրատարակված է Ամերիկայի Միացյալ Նահանգներում:

Կապ՝

IndoEuropeanPublishing@gmail.com

ISNB: 978-1-60444-839-9

ՀԵՔԻԱԹՆԵՐ

ԽՈՒԼԻ ԱՅԾԵՐԸ

Մի խուլ մարդ երեք այծ ուներ: Մեկի պոզը կոտրած էր: Ինչպես է լինում, մի օր այծերը կորչում են: Տերն ընկնում է դես-դեն այծերը գտնելու:

Նա պատահում է մի ուրիշ խուլ մարդու՝ վար անելիս, և հարցնում է.

— Բարի աջողում, ախպեր, այծերս չե՞ս տեսել:

— Լավ է՝ այսպես ցանեմ, — ձեռը մի կողմ թափ տալով պատասխանում է վար անողը:

Այծատերը կարծելով, թե դեպի ցույց տված կողմն են գնացել այծերը ասում է.

— Թող երկինքը վկա լինի, թե գտա այծերս, պոզը կոտրածը քեզ եմ տալու:

Ասում է և գնում այծերը որոնելու: Այծերը գտնելով՝ ուրախ-ուրախ առաջն արած, քշում բերում է արտավարի մոտ և ասում.

— Շնորհակալ եմ, ախպե՛ր, այծերս գտա. առ այս այծն էլ քեզ, — ու պոզը կոտրած այծը քշում է դեպի նա:

— Ես չեմ կոտրել դրա պոզը, ես տեղեկություն չունեմ, — զարմանքով ասում է արտավար խուլը:

— Ի՞նչ ես խոսում, — ասում է այծատերը, — ես ա՛յս այծն եմ խոստացել, որ մեռնես էլ՝ մյուս այծերից տվողը չեմ:

— Չէ, ես չեմ կոտրել, — բարկացած ասում է մեկը:

— Չէ, ես է՛ս այծն եմ խոստացել, — կրկնում է մյուսը:

Սա նրան, նա սրան, բանը հասնում է տուրուդմբոցի: Վերջն էլ գնում են քյոխվի մոտ գանգատ: Գյուղը չհասած սրանց հանդիպում է մի պառավ կին, նույնպես խուլ և հարսի ձեռքից փախած:

— Ա՛յ նանի, — ասում է այծատերը, — իմ այծերը կորել էին. գնացի, էս մարդուն հարցրի, սա էլ այծերիս տեղը ցույց տվեց: Պոզը կոտրած այծս տալիս եմ սրան, չի վերցնում, ես է՛դ այծն եմ խոստացել, որ մեռնի էլ, մյուս այծերից տվողը չեմ:

— Ա՛յ նանի, — ասում է խուլ մարդը, — էս օտարականն եկել ասում է, թե այծիս պոզը դու ես ջարդել: Թող ձեռքս ջարդվի, թե ես էդ բանից տեղեկություն ունեմ:

— Է՛, որդիքս, ձեր արևն ապրի, — պատասխանում է խուլ պառավը,

— ինչ էլ ուզում է լինի, ես ձեր խնդիրը չեմ կարող կատարել. քանի որ էն չքոտ անզգամ հարսը տանն է, ես էն տունը ոտ կոխողը չեմ ու չեմ:

ԿԱՏՈՒՆ, ԱՔԼՈՐՆ ՈՒ ԱՂՎԵՍԸ

1

Լինում է, չի լինում մի ծեր մարդ է լինում: Այդ ծեր մարդն ունենում է մի կատու և մի աքլոր: Ինքը լինում է փայտահատ: Ամեն օր գնում է անտառ փայտ կտրելու:

Կատուն ու աքլորը մնում են տանը: Կատուն կերակուր է եփում, ճաշ պատրաստում: Աքլորը կիկլիկի կանչում, տունն է սրբում:

Մի անգամ կատուն ճաշ է պատրաստում իր տիրոջ համար, աքլորի բաժինը տալիս է, դուռը վրան փակում ու իր տիրոջ ճաշը տանում:

Աղվեսը տեսնում է, որ կատուն գնաց, գալիս է ու լուսամուտի տակ կանգնում, անուշ-անուշ երգում.

Կիկլիկի՛, աքլորիկ,
Կիկլիկի՛, խաաշորիկ,
Կարմիր, կարմիր երեսիկ,
Ալ աբրեշում մորուսիկ:
Ձեն ես տալիս թաղե-թաղ,
Կանչի՛, կանչելուդ մատաղ:
Կանչի, թռի լուսամուտ,
Տես՝ քեզ համար բեռով կուտ
Ջաղացպանը բերել է,
Ճամփի վրա փռել է,
Աքլորն ուտի՝ զորանա,
Ծիտիկն ուտի՝ չորանա:

Աքլորը կիկլիկի կանչելով թռչում է լուսամուտը, գլուխը դուրս է հանում, տեսնի՝ թե ո՞վ է էնպես անուշ-անուշ երգում, իրեն գովում: Աղվեսը իսկույն հոփ, աքլորին բռնում է ու տանում: Աքլորը վախից ճղղում է ու կատվին օգնության կանչում.

Տանո՛ւմ են, կատո՛ւ ջան,
Վայ, վա՛յ, տանում են.

Ինձ քեզանից, քեզ ինձանից
Հայ-հայ, տանում են:
Աղվեսն ինձ խաբեց
Անուշ խոսելով,
Բռնեց, տանում է
Դար ու փոսերով,
Գետի ափերով,
Մութ անտառներով,
Հեռու տափերով,
Խոր-խոր ձորերով,
Բարձր սարերով:
Արի՛, կատու ջան,
Կանչում եմ ձենով,
Տարավ աղվեսը,
Տարավ խաբելով,
Կարմիր արյունս
Ճամփին թափելով,
Տարավ, ախպեր ջան,
Տարավ, հա՛, տարավ:

Կատուն անտառից տուն է վերադառնում: Լսում է աքլորի ձենը, վազում հասնում է աղվեսին, գլխին տալով, աքլորին բերնից խլում է, բերում տուն ու էսպես խրատում.

«Աքլորիկս, սիրունիկս, տե՛ս սրանից հետո լուսամուտն էլ չբանաս ու դուրս չնայես, էլ աղվեսին չհավատաս, նա քեզ կուտի»:

Աքլորը խոստանում է, որ էլ աղվեսին չի լսի:

2

Մի անգամ էլի կատուն տիրոջը ճաշ է տանում: Աղվեսը տեսնում է, որ կատուն գնաց, կանգնում է լուսամատի տակ ու սկսում է իր հին երգը:

Կիկլիկի՛, աքլորիկ,
Կիկիլիկի՛ խաաշորիկ,
Կարմր, կարմիր երեսիկ,
Ալ աբրեշում մորուսիկ:
Ձեն ես տալիս թաղե-թաղ,
Կանչի՛, կանչելուդ մատաղ:
Կանչի, թռի լուսամուտ,

Տես՝ քեզ համար ինչքան կուտ
Դռան առաջն եմ փռել,
Հետն էլ սիսեռ եմ բերել,
Էն էլ մի բուռ եմ բերել
Աքլորն ուտի՝ զորանա,
Ծիտիկն ուտի՝ չորանա:

Աղվեսն էսպես երգում է ու մի սիսեռ է գցում լուսամուտից ներս: Աքլորը կտցում է սիսեռը, տեսնում է, որ շատ համով է:

— Է, աղվե՛ս,— ասում է նա,— սրանով ինձ չես խաբի, գիտեմ միտքդ ինձ ուտելն է:

— Դու էլ ի՞նչ ես ասում, սիրուն աքլորիկ,— պատասխանում է աղվեսը,— Ուտեմ, ուտեմ, էն էլ քե՛զ ուտեմ: Իմ միտքը՝ ո՛ւր, քո միտքը՝ ուր: Ես ուզում եմ քեզ հյուր տանեմ, իմ գարու, ցորենի, կորեկի, սիսեռի ամբարները քեզ ցույց տամ, աչքդ մի բան տեսնես:

Կիկլիկի՛, աքլորիկ,
Կիկլիկի՛, խաաշորիկ,
Կարմիր, կարմիր երեսիկ,
Ալ աբրեշում մորուսիկ:
Ձեն ես տալիս թաղե-թաղ,
Կանչի՛, կանչելուդ մատաղ:
Կանչի՛, թռի՛ լուսամուտ,
Ես քեզ համար ինչքա՛ն կուտ
Դռան առաջն եմ փռել,
Հետն էլ սիսեռ եմ բերել,
Էն էլ մի բեռ եմ բերել
Աքլորն ուտի՝ զորանա,
Ծիտիկն ուտի՝ չորանա:

Էլ չի համբերում աքլորը: Կիկլիկի կանչելով թռչում է լուսամուտը, գլուխը դուրս է հանում, տեսնի՝ թե ինչ կա: Աղվեսն իսկույն հոպ, բռնում է աքլորին, տանում դեպի իր տունը: Աքլորը բարձր ձենով ճղղում է ու կատու ախպորն օգնության կանչում.

Տանու՛մ են, կատո՛ւ ջան,
Ինձ քեզանից, քեզ ինձանից
Վա՜յ, վա՜յ տանում են:
Աղվեսն ինձ խաբեց
Անուշ խոսքերով,
Բռնեց տանում է

Դար ու փոսերով,
Գետի ափերով,
Մութ անտառներով,
Հեռու տափերով,
Խոր-խոր ձորերով,
Բարձր սարերով:
Արի՛, կատո՛ւ ջան,
Կանչում եմ ձենով,
Տարավ աղվեսը,
Տարավ խաբելով,
Տարա՛վ, ա՛խ, տարավ
Աղվեսն անիրավ:

Կատուն լսում է ու վազում: Վազում հասնում է աղվեսին, գլխին տալով՝ աքլորին բերանից խլում, բերում է տուն ու էսպես ասում.

— Ես քեզ չասացի՞, աքլորիկս, որ լուսամուտը չբանաս, դուրս չնայես, աղվեսին չհավատաս, նա քեզ կբռնի ու կուտի: Դեռ լավ էր, շուտ հասա: Աքլորիկս, լսիր ինձ, տես, զգուշացիր, վաղը շատ հեռու եմ գնալու:

Աքլորն էլի խոսք է տալիս, որ աղվեսին չի լսի:

3

Մյուս օրը կատուն դարձյալ հաց է տանում տիրոջը: Աղվեսը դարձյալ գալիս է, լուսամուտի տակ կանգնում, աքլորին երգելով գովում:

Կիկլիկի՛ աքլորիկ,
Կիկլիկի՛, խաաշորիկ,
Կարմիր, կարմիր երեսիկ,
Ալ աբրեշում մորուսիկ,
Ձեն ես տալիս թաղե-թաղ,
Կանչի՛, կանչելո՛ւդ մատաղ:
Կանչի՛, թռի լուսամուտ,
Չկարծես թե սուտ է, սուտ.
Բերել եմ քեզ պալատիկ,
Պալատիկում լի հատիկ,
Գարի, սիսեռ ու կորեկ,
Աքլորի՛կս, դե ե՛կ, ե՛կ,
Ե՛կ, ե՛կ, տամ՝ կեր, զորացիր,
Թե չէ՝ քաղցած չորացիր.

Աքլորիկը լսում է, բայց սիրտ չի անում դուրս նայել. մի քիչ հետո աղվեսն էլի երգում է.

Դե՛հ, դո՛ւրս արի, դո՛ւրս արի,
Աքլո՛ր, աքլո՛ր ման արի,
Աքլո՛ր, սրտիս սիրեկան,
Աքլո՛ր, աչքիս դուրեկան:
Դու տոն օրվա շորով ես,
Դու պաս օրվա փորով ես,
Դա՛փ-դատարկ է քո քուչը
Մոռացել ես քջուջը:
Քո կերածը քիչ ճավար,
Քո տնակը մութ, խավար,
Բանտարկված ես՝ մեղ չունես:
Լեն աշխարհում տեղ չունես:
Կուչ ես եկել տան մեջ, կուչ,
Բա քո կատուն ոչ ու փուչ
Բռնակալ է, բռնակալ:
Ինքը գիտե միշտ ման գալ,
Անտառներում մլավել,
Մկան բներ գրավել,
Ա՛խ, գող կատու, փի՛շտ, փի՛շտ, փի՛շտ:
Խանգարում ես միշտ, միշտ, միշտ,
Ինչո՞ւ օրդ զուր անցնի:
Դուրս եկ, աչքդ բան տեսնի,
Ապրի ոսկի պալատում,
Ջուր ես, զուր ես ինձ ատում:
Մի՛ բարկանա ինձ վրա,
Չէ՞ քեզ ճամփին չկերա:
Ուզում էի հյուր տանեմ,
Կատվի բանտից դուրս հանեմ:
Է՛, վախենում ես, կաց բարով,
Ինձ չես տեսնի տաս տարով:
Այ, գնում եմ ես Թելավ,
Թե էնտեղ էլ բան չեղավ,
Ես միտք ունեմ, մի խոսքով,
Երկաթուղով՝ վը՛զ, Մոսկով:
Միայն թե դու զորանաս,
Թե չլսես, չորանաս:

Աղվեսն էսպես երգում է ու մի անկյունում թաքնվում: Աքլորն էլ տնակի մի անկյունում կուչ եկած՝ ինքն իրեն ասում է.

— Գնամ-չգնամ, գնամ-չգնամ: Հը՛, գնամ, հը՛, չգնամ...Գնա՛մ, աղվեսը էնտեղ չի. գնամ՝ տեսնեմ ոսկի պալատիկը, մի հատ, կես հատ սիսեռ կտցեմ ու հետ գամ:

Կիկլիկի՛, պալատիկ,
Կիկլիկի՛, մի հատիկ...

Երգելով աքլորը թռչում է լուսամուտը: Լուսամուտից գլուխը դուրս է հանում, տեսնում է, որ աղվեսը չկա: Միրտ է առնում ու դուրս գալիս: Աղվեսը հարձակվում է, հո՛փ,հո՛փ, բռնում է աքլորին ու տանում:

Աքլորը սրտաճաք ճղղում-ճղճղում է ու կատվին օգնության կանչում.

Տարա՛ն, կատու ջան,
Տարա՛ն, ինձ տարան,
Ջիվան աքլորդ
Աղվեսի բերան,
Աղվեսն ինձ խաբեց
Անուշ խոսելով
Բռնեց, տանում է
Դար ու փոսերով.՝
Ես քո խրատը
Ինչո՞ւ մոռացա...
Տնից դուրս եկա,
Տնից հեռացա:
Արի՛, ազատիր,
Էլ չեմ խաբվի ես,
Աչքս ճամփիդ է,
Սպասում եմ քեզ:
Ճամփես ոլոր է,
Սիրտս մոլորէ,
Աղվեսն ինձ տարավ,
Էս ի՛նչ սև օր է:
Տարավ աղվեսը,
Տարավ խաբելով,
Կարմիր արյունս
Ճամփին թափելով:
Տարան աքլորին,
Տարան, հա՛ տարան,
Ջիվան աքլորը
Աղվեսի բերան:

Կատուն անտառից լսում է աքլորի ձենը, վազում է ու էսպես ձեն տալիս.

Եկա՛, հա եկա՛, իմ ջիվան աքլոր,
Ես քեզ չեմ թողնի էդպես խեղճ-մոլոր:
Մանգաղ եմ բերում աղվեսի համար...
Ձեռքս էդ ընկավ, ուրիշ բան չկար:
Ինձ կատու կասեն, առյուծն է պապս,
Աղվեսին ցույց տամ ուժս ու թափս.
Թե չանեմ նրան ես բզիկ-բզիկ...
Մանգաղ եմ բերել, որ կտրեմ վզիկ,
Հեռու չեմ, հեռու, մոտի՛կ եմ, մոտիկ:

Կատվի ձենը սար ու ձոր է բռնում, արձագանք է տալիս: Աղվեսն էնպես է իմանում, թե հազար կատու մանգաղ առած գալիս են, որ իր ոտները հնձեն, վիզը կտրեն:

Վախից դողը բռնում է, թուլանում, մնում է: Աքլորը սիրտ է առնում, իրեն ազատում է աղվեսի բերնից ու փախչում ետ՝ դեպի կատուն, արյունլվա, թևերը կախ, ձենը փորն ընկած:

Աղվեսն գլուխն առնում. փախչում է: Էլ երբեք չի գալիս աքլորին խաբելու: Կատուն գրկում է վիրավոր աքլորին ու երգում:

Ե՜կ, աքլորիկս, ես քեզ խտտեմ,
Խտիտս առնեմ, հիվանդ պտտեմ:
Ընկար սարե-սար, մուրազիդ հասար,
Վարպետ աղվեսի պալատը տեսա՞ր:
Ո՞ւր է քո գլխի ոսկեղեն թագը,
Ի՞նչ վերք է բացվել քո բկի տակը,
Երկար հյուսերդ չեն թափվում ուսիդ,
Ո՞ւր են թելերը կարմիր մորուսիդ,
Ատլաս շորերդ, կարմիր ծիրանի,
Ատլաս հագնողին հազար երանի,
Արյուն է դարձել, արյունդ է ծորում
Ճամփի քարերին, հեռու ձորերում:
Արյուն ես տեսել, վախել ես, վախել,
Ծնկներդ ծալել, թևերդ կախել.
Բայց դու մի վախի, քեզ տուն կտանեմ,
Դեղ կպատրաստեմ, վերքիդ կդնեմ:
Մեծի խրատը, գիտեմ, օդ կանես,
Խոսք չլսելը, ջանիկ, թող կանես:

Կատուն աքլորին տուն է բերում, նրա վերքերը լվանում է, դեղ է անում ու լավացնում:

Միայն աքլորի միրուքը չի բուսնում. աչքի մեկը լավ չի տեսնում: Ձայնն էլ լավ չի բացվում: Չի կարողանում առաջվա պես կանչել զիլ.

Կիկիլիկի՜...

ԻՄԱՍՏՈՒՆ ՄԱՆՈՒԿԸ

(Կովկասյան հեքիաթներից)

Արևելքի թագավորը պատճառ էր փնտրում, որ արևմուտքի թագավորի հետ կռվի: Գիր ուղարկեց ու միջին էսպես գրեց.

«Արևմուտքի թագավոր, քո ձին որ էդտեղ խրխնջաց, իմ ձին էստեղ վախեցավ»:

Արևմուտքի թագավորը չհասկացավ արևելքի թագավորի միտքը: Կանչեց իր նեզիր—վեզիրներին, որ բացատրեն, թե ի՞նչ է ուզում ասի արևելքի թագավորը: Բայց ոչ ոք չկարողացավ բացատրել:

Տեսավ, որ չի լինի, դեսպաններ ուղարկեց գյուղ ու քաղաք, որ մի այնպիսի իմաստուն մարդ գտնեն, որ կարողանա արևելքի թագավորի միտքը իմանա:

Դեսպանները շատ ման եկան, դես ու դեն ընկան, բայց մի մարդ չգտան, որ արևելքի թագավորի միտքն իմանա: Վերջը՝ մի գյուղի մոտով անցնելիս տեսան, որ մի մանուկ քարի վրա նստած է.

— Այ տղա, — հարցրին դեսպանին, — ո՞ւր է հայրդ:

— Հայրս, — պատասխանեց մանուկը, — վեճ է ցանում:

—Ինչպես թե՝ վեճ է ցանում. այդ ի՞նչ է նշանակում, բացատրի, — խնդրեցին դեսպանները:

— Այ, էս ճամփի վրա, — շարունակեց մանուկը,— հայրս բոստան է դրել: Անցնող—դարձողը մտնում գազար է հանում, վարունգ է քաղում, սոխ է պոկում: Հայրս էլ նրանց հետ շարունակ վիճում է ու կռվում:

— Մայրդ ո՞ւր է:

— Մայրս էլ արցունք է փոխ տալիս:

— Էդ ի՞նչ է նշանակում:

— Ա՜յ թե ինչ է նշանակում: Գյուղում մեկը մեռնելիս, մայրս գնում է մեռելատերերի հետ լաց է լինում, արցունք փոխ տալիս:

Դեսպանները տեսնում են, որ այդ տղան շատ սրամիտ և իմաստուն

տղա է. մտքներումն ասում են. «Կա, չկա էս տղան կբացատրի արևելքի թագավորի առաջարկությունը»: Վեր են առնում մանկանը տանում թագավորի մոտ ու պատմում թագավորին հալ—հեքիաթ, էսպես որ էսպես:

— Մանուկ, — ասում է թագավորը,— թե որ կարողանաս արևելքի թագավորի միտքը բացատրես, իմ թագավորության կեսը քեզ կտամ: Արևելքի թագավորը ինձ գիր է գրել, թե քո ձին էղտեղ որ խրխնջաց, իմ ձին էստեղ վախեց. սա ի՞նչ է նշանակում, էդպես բան կարելի՞ է:

— Թագավորն ապրած մնա, — ասում է մանուկը,— արևելքի թագավորը պատճառ է փնտրում, որ քեզ հետ կռվի: Ուղարկիր երեք հարյուր ձիավոր. թող նրանք գնան մտնեն թագավորի մայրաքաղաքը ու շներին կոտորեն: Գանգատը անշուշտ կհասնի թագավորին: Թագավորը նրանց կկանչի իր մոտ. թող ձեր ձիավորները ասեն. «Մեր թագավորի ոչխարի հոտի մեջ մտան գայլերն ու կոտորում են թշվառ ոչխարներին: Մենք որքան ձայն տվինք հովիվների հետ, օգնության կանչեցինք ձեր շներին, ձեր շները չեկան ու չեկան, դրա համար էլ եկանք ու կոտորեցինք նրանց»: Թագավորը կզարմանա և կասի. «Այդ ինչպե՞ս կարելի է, էնտեղից էստեղ ձա՞յն կհասնի»: Թող ձեր մարդիկ էլ ասեն. «Էդ ինչպես է, որ մեր թագավորի ձին էնտեղ խրխնջալիս ձեր ձին էստեղ կվախենա, ու ձեր շները մեր ու հովիվների ձայնը չեն լսի»:

Արևմուտքի թագավորը էդպես էլ արավ: Երեք հարյուր ձիավոր գնացին արևելքի թագավորի քաղաքը և կոտորեցին շներին: Թագավորը նրանց կանչեց և բացատրություն պահանջեց:

Ձիավորներն ասացին.

— Թագավորն ապրած մնա, էդ ի՞նչպես է, որ մեր թագավորի ձիու խրխնջոցը ձեր ձին կլսի ու մեր հովիվների ձայնը ձեր շները չեն լսի, որ չեկան թշվառ ոչխարներին գայլերից ազատեին:

Արևելքի թագավորը էստեղ մատը կծում է ու հասկանում, թե բանն ինչումն է: Ձիավորներն ազատ վերադառնում են իրենց թագավորի մոտ:

Միաժամանակ անցնելուց հետո արևելքի թագավորը ուղարկում է արևմուտքի թագավորին երկու աղավնի, երկուսն էլ միատեսակ. մեկը իրենն է լինում, մյուսը՝ գյուղական, և պահանջում է, որ իմանան, թե ո՞րն է թագավորականը և ո՞րը գյուղականը:

Թագավորը, նեզիր-վեզիրները չեն կարողանում իմանալ, թե որ աղավնին թագավորինն է, որ աղավնին գյուղական:

Դարձյալ դիմում են մանկան: Մանուկը այսպես է ջոկում աղավնիները: Ասում է. «Մի տան մեջ կրակ արեք, թող ծուխը բարձրանա. որ աղավնին որ ուշաթափվեց, գետին ընկավ, իմացեք, որ նա է թագավորականը»: Ինչպես մանուկն է ասում, այնպես էլ անում են: Արքունական աղավնին ծխին անսովոր է լինում, չի դիմանում, ծխից ուշաթափվում է ու ընկնում գետին: Գյուղացու տանը մեծացող աղավնուն ծուխը չի ազդում:

Արևելքի թագավորը տեսնում է, որ չի լինում, մի երկաթե տախտակ է ուղարկում արևմուտքի թագավորին, որ սա մի վերարկու կարի և ուղարկի իրեն:

Արևմուտքի թագավորը իմաստուն մանկան խորհրդով ուղարկում է իր թշնամուն մի մեծ ժայռի կտոր, որ սա թել պատրաստի այդ ժայռից վերարկուն կարելու համար: Արևելքի թագավորը նորից մի առաջարկություն է անում արևմուտքի թագավորին, ահա թե ինչ:

— Ուղարկիր ինձ մի այնպիսի եզ, որ ոչ սև լինի, ոչ սպիտակ, ոչ կարմիր, ոչ մոխրագույն, վերջապես ոչ մի գույն չունենա:

Արևմուտքի թագավորը դարձյալ իմաստուն մանկան խորհրդով գրում է արևելքի թագավորին.

«Արևելքի թագավոր, ուղածդ եզը պատրաստ է, մի մարդ ուղարկի, որ գա եզը տանի. միայն այնպիսի ժամանակ գա, որ ոչ առավոտ լինի, ոչ կեսօր, ոչ երեկո, ոչ գիշեր և ոչ կեսգիշեր, ոչ լույս և ոչ մութ»:

Արևելքի թագավորը իմանում է, որ ուժի դեմ ուժ կա, էլ կռվի չի գալիս արևմուտքի թագավորի վրա:

Արևմուտքի թագավորն էլ իր թագավորության կեսը տալիս է իմաստուն մանկանը, նրան անում է իր առաջին խորհրդատուն, հորն ու մորն էլ մոտն է բերել տալիս:

ՑԻՏ՛Ն ՈՒ ՈՐԲԵՐԸ

1

Մի աղքատ այրի երկու որբ ուներ մի սովի տարի:
Երկու որբ ուներ՝ Հրաչ ու Հեղուշ,
Վեց-յոթ տարեկան, մեկ-մեկից անուշ:
— Սոված ենք, սոված, նանի՛, մի ճոթ հաց...
Լաց էին լինում, մոր փեշից բռնում, հետնից գնում:
Հաց չունի նանը, որտեղի՞ց բերի,
Ինքն էլ է քաղցած, մի փորի գերի:
Սովի տարի է, էլ ի՛նչ դուռ-դրկից,
Էն խղճուկ այրին չունի կարեկից:
Մի օր ճարահատ սովատանջ մերը,
Հետնից զցած իրեն որբերը,
Լացով ու թացով մտնում է ձորը

Իր երկու անգին սիրասուն ձագին
Առնում է ծնկան, չի թողնում, որ լան:
Ու խորը ձորում, իրենց մոր գրկում,
Քնում են մուշ-մուշ Հրաչ ու Հեղուշ...

2

— Երկնքի հավքե՛ր, — ասում է մերը, —
Էս երկու բալիս արեք ձեզ ընկեր, —
Ասում է, լալիս, — խղճացեք սրանց,
Մի՛ թողեք սոված:
— Դաշտի գազաննե՛ր, դուք էլ մայրեր եք,
Էս սովի տարին դուք էլ խղճացեք
Էս իմ որբերին:
Ասում է նանը, երեխանց պաչում
Ու վեր է կենում, ձորիցը փախչում:
Թե շատ են ննջում, թե քիչ են ննջում
Հրաչն ու Հեղուշն էն ձորամիջում,
Մեկ էլ զարթնում են, որ նանը չկա,
Ու վեր են կենամ, բռնում մի ճամփա,
Մի ոլոր ճամփա, մի մոլոր ճամփա,
Գնում են, գնում ու նանի՛ կանչում...
Մեկ էլ մի թռչուն էսպես է ասում.
— Ինչո՞ւ կուլաք հոնգուր—հոնգուր,
Փունջ մանուշակ ախպեր ու քուր:
Եկեք գնանք գիշերն ինձ հյուր,
Ձեզ տեղ կտամ ծառիս տակին,
Ձեզ հաց կտամ արնծագին...

3

Առավոտը արևածագին՝
Ծիտիկն իջավ ծառի տակին.
— Գնանք, — ասավ, — անթև ձագեր,
Հրաչ, Հեղուշ անհեր, անմեր:
Եկեք գնանք ծառի տակից,
Եղեք դուք մեզ սեղանակից:
Ունենք մենք մի բարի տատիկ,
Որ ամեն օր խաշած հատիկ

Փեշը լիքը հանդն է գալիս
Ու մեր առաջ շաղ է տալիս:

4

Հրաչ ու Հեղուշ,
Քաղցած ու անուժ,
Ելան գնացին ծտի հետ սեղան,
Տատի հատիկին մասնակից եղան:
Տատը որ տեսավ երկու երեխին,
Վազեց ու ասավ. — Մատա՜ղ ձեր գլխին,
Երկու թոռնիկ ես ունեի...
Նրանց ցավը ես տանեի...
Հիվանդացան ծոցիս միջին,
Հիվանդացան ու ննջեցին:
Չեմ հավատում՝ նրանք մեռան,
Այդ ծտերից թևեր առան,
Թևեր առան, ծտեր դառան.
Ծտեր դառան, դես-դեն թռան...
Գնանք, եղեք դուք ինձ թոռներ,
Ձեզ չեմ թողնի սովից մեռներ:

5

Որ անցկացավ սովի տարին,
Բալի կարոտ էն խեղճ այրին
Ելավ ընկավ սար ու ձորեր,
Լացեց, կանչեց.—Ա՜յ իմ որբեր,
Հրաչ, Հեղուշ, ո՞ւր եք դուք, ո՞ւր,
Ազիզ բալեք, ախպեր ու քուր:
Մնացել եմ ձեր կարոտով,
Հրաչ, Հեղուշ, համով-հոտով:
Մի լուր տվեք, նախշուն հավքեր:
Իմ որբերին անտուն, անտեր,
Գազաննե՞րը գտան կերան,
Թե՞ գետերը առան տարան:
Գուցե՝ մեկը իր հոր խերին
Հա՞ց է տալիս իմ որբերին:

6

Ծիտը վերից ասավ. — Նանի՛,
Էդքան էլ շատ սուգ մի՛ անի,
Հրաչ, Հեղուշ, երկու զառնիկ,
Բարի տատիս եղան թոռնիկ:
Արի տանեմ որբերիդ մոտ,
Էլ մի՛ մնա բալի կարոտ:
Ծիտը իջավ տատի կտրան,
Նանը կանգնեց տատի դռան,
Ծիտը երգեց. — Ախպեր ու քուր,
Հրա՛չ, Հեղո՛ւշ, ձեզ բարի լուր,
Ձեր մերն եկավ բոբիկ ոտով,
Ձեր մերն եկավ ձեր կարոտով:
Եկեք, տեսեք դուք ձեր մորը,
Մի՛ մոռանաք էն սև օրը,
Ծառի տակի ձեր ծիտիկին
Ու մեզ պահող ծեր տատիկին:
Հենց որ երգեց տան կտրանը,
Իր որբերին գտավ նանը,
Իր որբերին՝ Հրաչ, Հեղուշ,
Փունջ, մանուշակ, անուշ, մեղուշ:

ԳՈՂ ՄԱՔԻՆ

Կատուն ընկավ դռնեդուռ,
Գազաններին տարավ լուր,
Թե՝ չեք ասի, ես տեսա,
Դեռ լավ էր, որ շուտ հասա,
Վախկոտ մաքին, դեռ մի ձին՝
Խիստ անպատվեց առյուծին:
Էն խոտից, որ դիզված է,
Փշից-մշից զտած է,
Որ պիտի լինի անկողին
Գազաններիս պահողին,
Գողցավ մի փունջ գիժ մաքին,
Տարավ տվեց իր ձագին:

— Ե՞րբ կամ ինչպե՞ս տեսար դու,
Խանում-խաթուն մեր կատու, —
Ասավ արջը ծաղրելով,
Կատվի մեջքը շոյելով:
— Դու ինչո՞ւ ես անհամբեր,
Մեր բոլորի մեծ ապեր.
Ես իմ տեսածն եմ ասում,
Սուտ բան երբեք չեմ խոսում,
Հենց երեկ էր, որ մաքին,
Մատաղ նրա դըմակին,
Ինձ բանի տեղ չդրավ,
Առավ խոտն ու դո՛ւ տարավ:
— Այո՛, այո՛, էդպես է,
Մեր կատուն ուղղախոս է,
Պիտ պատժվի էնպեսը, —
Վրա բերեց աղվեսը:
— Ըմբոստ մաքու էդ քայլը, —
Կարծիք հայտնեց ծեր գայլը, —
Պիտի դատենք միասին,
Թե հավատանք աղվեսին:
— Ի՞նչ ես ասում, ա՛յ քեռի,
Սուտ ասողը քըրքըրվի,
Էդ ինչե՞ր ես մտածում,
Ինձ ինչո՞ւմն ես կասկածում.
Է՛, ի՛նչ կուզեք դուք արեք,
Թեկուզ ողջը սուտ հանեք,
Առյուծի մոտ ես կերթամ
Բանը մեկ-մեկ կկարդամ,
Էլ չզսպվեց աղվեսը,
Կրունկն արավ դեպ դեսը,
Երկար պոչը թափ տալով,
Թռչկոտելով, ծափ տալով,
Գնաց-գտավ արքային
Անտառումը, իր գահին,
Դալար ճյուղեր հովանի,
Որ արևը զոռ չանի:
Հետը տարավ նվերը,
Մի զույգ հնդկահավերը,
Տարավ դրեց առաջին,
Ինքն էլ նստեց իր պոչին:
— Պարո՛ն աղվես, էս խե՞ր է...
— Առյուծ արքա, ինձ ների,

Էս աշխարհը փոխվել է,
Ահ ու երկյուղ թռել է,
Մի գողություն, չես ասի,
Ապա պատմեմ, ինձ լսի:
Էն խոտից, որ դիզել ենք,
Կըղկըղել ենք, զզել ենք,
Որ ձմռանը լիորեն
Գցեք քո տակն ու վրեն,
Գողցել, տվել է իր ձագին
Ժաժան գլուխ գող մաքին:
— Հաշիվ թող տա ըմբոստը,
Կամ վեր դնի իր փոստը:
— Այո՛, այո՛, տեր արքա,
Գործած մեղքին պատիժ կա,
Եթե ներես այս անգամ,
Էն գող մաքին անզգամ
Երբեք չի գա էլ կապի,
Խոտը կուտի, կըպարպի:
Առյուծ արքան էդ մասին
Էսպես ասեց աղվեսին.
— Որքան կենդանիք որ կան,
Թող վաղը շուտ ինձ մոտ գան,
Մենք բոլորս միասին
Խորհուրդ անենք այդ մասին,
Թե ինչ պատիժ է հարմար,
Այդ ըմբոստ մաքու համար:
Աղվեսն ելավ, ծըռմըռվեց,
Հինգ-վեց անգամ խոնարհվեց,
Լիզեց տիրոջ թաթիցը
Ու դուրս թռավ մոտիցը:
Դեռ չէր ցրվել մառախուղ,
Առավոտյան շատ կանուխ
Կենդանիներն անտառում
Գըզվում էին, գոռգոռում:
Երբ արևը դուրս եկավ,
Ալ աբրեշում շող հագավ,
Շողքը զգեց սարերին
Ու կյանք տվեց անտառին,
Առյուծն իջավ իր գահից,
Ողջը լռեց իր ահից:
— Իմ գազաններ, լսեցե՛ք,
Մեկ-մեկ հերթով խոսեցեք,

Ամեն մեկը ձեզանից
Թող մտածի իրանից,
Կարծիք հայտնի՝ թե ինչպես
Պատժենք մաքուն սներես,
Որ սրբազան դեզիցը
Խոտ է տարել դըրսիցը:
Էսպես խոսեց առյուծը,
Գազանների էն մեծը:
Առաջ եկան իշանը,
Ջոզոնցն էր նշանը.
Թոփ-թոմարի խոսեցին,
Բայց ոչինչ էլ չասացին,
Լավ էր, եկավ վարազը.
Բռնեց իշերի հաղը,
Վարազից խիստ վախեցին,
Ականջները կախեցին:
Օգտվելով էդ բանից,
Շիլ նապաստակն իր կողմից.
— Ես չեմ խոսում երկար-ձիգ,
Ահա՛ համեստ իմ կարծիք.
Մաքուն պատիժ թող չինի,
Որ նա բոստան չմտնի,
Կաղամբ, գազար չկրծի,
Այլ դաշտերում արածի:
— Կորի՛, ծուռ աչք, դու շըլդիկ,
Ծնածդ օրից անվարտիք...
Թազին քաշեց կարճ պոչից,
Իսկ կատուն էլ սուր դնչից:
— Թե որ բանը ինձ մնա,
Մեր ամենի տեր արքա, —
Ասեց գայլը ալնոր,
Միս ու արյան միշտ սովոր,
— Ու քանի որ մենք մեզ ենք,
Բերենք գողին մի գզենք:
Հերթն հասավ արջ ապորը,
Քիչ հիվանդ էր նա էդ օրը.
— Չէ՛, ձեռք չտանք գող մաքուն,
Միայն ամեն իրիկուն
Պարտավորվի մեզ համար
Մեղր բերի անդադար:
— Ձայն եմ տալիս նաև քեզ,
Մեր խելացի, ժիր աղվես:

— Որովհետև բրդոտը
Գողացել է քո խոտը.
Ուստի արդար կլիներ
Լոկ քեզ բաժին նա լիներ…
Էստեղ արքան՝ խիստ ու մթին,
Դարձավ կանգնած ժողովրդին.
— Մեր աղվեսի այս խորհուրդը
Ընդունո՞ւմ է ժողովուրդը:
Եվ ամենքը խոնարհ ու լուռ
Ընդունեցին միահամուռ:

ՄԿՆԵՐՆ ԻՆՉՊԵՍ ԿՌՎԵՑԻՆ ԿԱՏՎԻ ՀԵՏ

1

Մի մտիկ դու,
Էսպես կատո՛ւ...
Երեսը կլոր,
Աչքերը շլոր,
Բեղերը արշին
Փռված էն դոշին:
Անդալա-մանդալա, լղլըղոցի,
Երկար փորը մի խնոցի,
Անունը Կոստան:
Մի օր Կոստանին
Տարան բոստան,
Մկաստան:
Խոհանոցի
Դուռը բացին,
Նա խոհանոց գնաց այցի:
Ոտով-գլխով
Մտավ կողով,
Կողովից իրան
Նետեց պատուհան:
Դես-դեն ընկավ, մտմտաց
Անկյուններում հոտմտաց,
Քթին բուրեց մկնահոտ

Ասավ՝ լավ է, լավ ձեզ մոտ:
Էստեղ մկներ՝ մարմալա՛դ...
Էստեղ մկներ՝ շոկոլա՛դ...
Էստեղ կապրեմ մի շաբաթ,
Մուկ կորսամ շատ ու շատ,
Քչից՝ երկու հարյուր հատ.
Պառկեց, փորը նա շփեց,
Պոչը գետին որ խփեց,
Ձենը հասավ մութ աշխարքին:

2

Գետնի տակին
Մկներն ահից չչնչեցին,
— Վա՛յ, նանի՛ ջան, վա՛յ,— կանչեցին.
Ա՛յ տրորանք...
Հերա՛նք, մերա՛նք,
Ախպրա՛նք, քուրա՛նք...
Մեռա՛նք, կորա՛նք...
Էսպես խաթա՞...
Էլ ո՞վ կտա գալեթ, գաթա...
Մածուն, կաթ, թան...
Ժաժիկ, չորթան...
Ձավար, կորկոտ...
Բոռո կատու,
Ա՛յ դու չքոտ,
Ա՛յ փսլնքոտ:

3

Երբ ամեն ինչ կերան, պրծան,
Դարձան կմախք, թել ու դերձան,
Հավաքվեցին մկնահավաք
Ու կազմեցին մի կուռ բանակ:
Առան հազան զենք ու զրահ,
Արշավեցին կատվի վրա:
Մուկ Զարզանդը՝ մկնաբաշին,
Երդվեց մաշկել կատվի կաշին:
Ինքը՝ հսկա,

Գլխին դրեց պողպատ կասկա,
Իր հետևից մի գորշ առնետ,
Զորքի առաջ, թմբուկն իր հետ
Բո՛ւմ, բո՛ւմ, բո՛ւմ, բո՛ւմ...
Ա՜խ դո՛ւ, դո՛ւ,
Ա՜խ դո՛ւ, դո՛ւ,
Բոռո կատու,
Վեր կաց, փախի դռան ծակով,
Զարզանդն եկավ երգ, նվագով:

4

Զորքը դռան՝
Մկնաբաշին մտավ մառան:
Թը՛մբ, թը՛մբ, թը՛մբ, թմբկահարներ
Դո՛ւմ, դո՛ւմ, դո՛ւմ, թնդանոթներ,
Թնդանոթներ են արձակում,
Գնդակները դուռ-պատ ծակում,
Զորքը խուժեց և խռհանց...
Ոչ մլավո՜ց, ոչ մռմռո՜ց:
Կատուն մեռել,
Փայտ է դառել
Եվ բեղերը կրծքին փռել:
Զորքը կիտվեց կատվի շուրջը,
Չափչփելով պոչից դունչը:
Թեև նրանք ջոկ-ջոկ քաջ են,
Բայց թե կատվին մոտենալ չեն.
Վեր է ահը,
Քան թե մահը,
Զարզանդն հասավ, քաշեց բեղից,
Բայց չշարժվեց կատուն տեղից:
Թռավ փորին,
Տվեց զոռին,
Ակա՜նջ դրեք
Քաջի ճառին.
Ֆլան ու ֆստան,
Կար մի չար Կոստան
Եկել էր բոստան,
Տունը հանգստյան,
Քանդեր Մկաստան:

Մի վնասատու,
Ժանիքներն հատու,
Շատ անխիղճ կատու:
Բեղերը՝ աղի,
Ինքը՝ կատաղի,
Եկանք իր հախից,
Սատկեց մեր վախից,
Կանգնել եմ փորին,
Էրնեկ էս օրին,
Քեֆ արեք, մկներ,
Նա գողի մեկն էր:

5

Ու սկսվեց պար, պապար,
Զորքը բռնեց մկնապար.
Զորապետը պարբաշի,
Օգնականը թմբկահար:
Մին էլ կատուն՝ տաղտայի,
Ծափին տալով վեր ցատկեց,
Քաջ Զարզանդին թաթի տակ
Արավ ցեղին նահատակ:
Ու չնայած քանակին,
Կռվով հաղթեց բանակին:
Մեծ թե պստիկ,
Բոլորը եղան ճստիկ-վստիկ:
Այսպես քաջ էր էն կատուն,
Ճարպիկ վարպետ ու արթուն.
Խաբեց, որսաց բոլորին,
Մեծ ու պստիկ մկներին:
Կատվի խաղն էր,
Բայց ձեզ հախն էր,
Ա՜յ զավզակներ,
Ավազակնե՜ր,
Փուչ կենդանի
Ոչ-փուչ մկներ:
Դե՜հ, գնացե՜ք,
Սրանից ետ
Չան-շայն-կաշի,
Մկնաբաշի,

Զարզանդի հետ
Էն աշխարհում
Փոր ման ածեք,
Ախտ ու ժանտախտ
Ցավ տարածեք:
Սրանից ետ,
Դե՛հ, գնացեք,
Ժիր ու արի,
Մկնավարի,
Գիշերային
Մեծ ավարի,
Թե բրնձի,
Թե ձավարի:
Ինչ պատահի՝
Տվեք թալան,
Ճոթ ու կտոր
Ճալան-ճոթան
Չափեք-ձևեք,
Վարտիք-շապիկ,
Գդակ կարեք:
Պատռեք պարկեր,
Ցրե՛ք մրգեր,
Մտե՛ք սնդուկ,
Կրե՛ք պնդուկ,
Պատիկ կճուճ,
Համով սպաս,
Գող մկներին
Ի՞նչն է չրհաս:
Դե՛հ, գնացեք,
Հատված հատված,
Գիտությանը
Տվեք հարված:
Պահարանում,
Դարակներում,
Գրակալին,
Ծալը-ծալին
Կրծեք, եղծեք
Հաստ, թանկ գրքեր
Ողբամ ես ձեզ,
Ամենակեր,
Տգե՛տ մկներ:
Դեհ, գնացե՛ք

Մկնահանգի,
Մկնակատակ,
Քնածներին
Հանգիստ մի՛ տաք,
Ննջարանում,
Շեմ, դուռ, հատակ,
Կը՛րթ-ղը՛րթ, առեք
Ատամի տակ:
Դե՛հ, գնացե՛ք
Պար բռնեցեք
Ու խաղացեք,
Ծիլի-վիլի,
Միլի-բիլի,
Պահմտոցիկ:
Շարվեք օձիք,
Մտեք մանկան
Ու մոր ծոցիկ:
Տվեք նրանց
Խտըտոցիկ,
Մկնավախուկ,
Ափալ-թափալ
Տեղից փախուկ:
Ա՛խ, ինչքա՛ն եք
Վնասատու,
Ձեր ցեղին թույն,
Թակարդ, կատու,
Եվ այն այսպես
Խրատատու,
Մեծ դաստատու
Վարպետ Կոստան,
Որ գա բոստան,
Գա ու անի
Ձեզ փոստահան:
Թե ոչ՝ աշխարհ
Կըհեղեղեք,
Շատ անիծված.
Անպե՛տք ցեղ եք,
Եվ էլ շատ, շատ
Աներե՛սն եք,
Դրանից լավ,
Օր չտեսնեք:

ՓԵՍԱՑՈՒ ՄՈՒԿԸ

Մուկը ուզեց
Ամուսնանալ
Եվ հզորին
Փեսա դառնալ,
Նրան ասին,
Որ աշխարհում
Արեգակն է
Միայն հզոր:
Մուկը տեղից
Վեր է կենում,
Իրեն կոկում
Ու փառավոր
Գարնան մի օր,
Ջերմ առավոտ
Ուղիղ գնում
Արևի մոտ:
Գնում, ասում.
— Բարև, բարև,
Էս աշխարհի հզոր արև՛.
Քո դստրիկը
Հեզիկ-նազիկ,
Հեզիկ-նազիկ
Ոսկեմազիկ,
Տուր ինձ՝ տանեմ,
Անեմ հարսիկ:
— Ես որտեղի
Հզորն եմ որ..
Տե՛ս էն ամպն է
Ինձնից հզոր,
Մին էլ տեսար
Արագ, արագ,
Կտավի պես:
Երկար-բարակ
Տարածվում է,
Կապուտակում,
Վարագույրով
Դեմքս ծածկում,—
Արեգակը

Մկանն ասավ:
Մուկը վազեց
Ամպին հասավ.
— Ա՜յ հզոր ամպ:
Բարև, բարև,
Ո՞ւ ես գնում
Վերև, վերև:
Քո դստրիկը
Հեզիկ-նազիկ,
Հեզիկ-նազիկ
Ոսկեմազիկ.
Տուր ինձ՝ տանեմ
Անեմ հարսիկ:
— Ես որտեղի՞
Հզորն եմ որ...
Ա՜յ, քամին է
Ինձնից հզոր:
Որ բարկացավ,
Էլ գութ չունի,
Ուր ուզենա՝
Ինձ կտանի,
Նա ինձ կանի
Փաթիլ-փաթիլ,
Ու կքամի
Կաթիլ-կաթիլ,
Մուկը վազեց
Հասավ քամուն.
— Քամի՛. ասավ,
Հզոր ես դուն:
Ամպին կանես
Փաթիլ-փաթիլ
Ու կքամես
Կաթիլ-կաթիլ:
Քո դստրիկը
Հեզիիկ-նազիկ,
Հեզիկ-նազիկ
Ոսկեմազիկ,
Տուր ինձ՝ տանեմ
Անմեղ հարսիկ:
— Ե՞ս եմ հզոր...
Երանի՛ քեզ.
Չէ՜ չէ՜, մկնիկ,

Դու խաբվել ես:
Ջրեղ տեսնես
Դու սև գոմշին,
Կուզեմ պոկեմ,
Բերեմ կաշին,
Բայց որտեղի՞ց...
Ինչի՞ տեր եմ,
Որ ուզածս
Պոկեմ, բերեմ:
Մուկը դիմեց
Գոմշին արտում՝
Լուծ քաշելիս,
Հոգնած, տրտում.
— Գոմե՛շ, — ասավ, —
Դու հզոր ես,
Դու հզոր ես,
Ուժի տեր ես.
Քո դստրիկը
Հեզիկ-նազիկ,
Հեզիկ-նազիկ,
Ոսկեմազիկ,
Տուր ինձ՝ տանեմ,
Անեմ հարսիկ:
— Ե՞ս եմ հզոր
Եվ ուժի տե՞ր...
Որ էդպես է,
Բա էս անտեր
Գութանն ի՞նչ է
Ինձ չարչարում
Ու իմ ուսին
Ցավ պատճառում
Գոմշին թողեց,
Վազեց գնաց.
— Հզոր գութա՛ն,—
Ասավ, — մի կաց...
Օրոր, շորոր
Արտ ես վարում,
Հողում խոր-խոր
Ակոս շարում,
Քանի՛-քանի՛
Լուծ ու լծկան

Ճիպոտի տակ
Քեզ քաշող կան,
Քո դստրիկը
Հեզիկ-նազիկ,
Հեզիկ-նազիկ
Ոսկեմազիկ,
Տուր ինձ՝ տանեմ,
Անեմ հարսիկ:
— Ուժիս գովքը
Այլ կերպ կտան.
Հզորն ո՞վ է,
Էն էլ գութա՞ն...
Որ հզոր եմ,
Ինչո՞ւ համար
Հողի միջին
Մութ ու խավար՝
Ինձնից ուժեղ
Արմատ ու սեզ
Ինձ ջարդում են
Ուզածի պես:
— Արմա՛տ, արմա՛տ
Հզոր արմատ, —
Ասավ փեսա
Մուկը՝ մի մատ: —
Դու շատ զոռ ես,
Դու հզոր ես,
Հզոր գութան
Դու կկոտրես:
Քո դստրիկը
Հեզիկ-նազիկ,
Հեզիկ-նազիկ
Ոսկեմազիկ,
Տուր ինձ՝ տանեմ,
Անմեղ հարսիկ:
— Արմատը՝ ո՞վ,
Հզորը՝ ո՞վ,
Վեր կաց գնա
Դու մկան քով,
Ա՛յ ձեր ցեղը
Շատ հզոր է,
Գետնի միջին

Բուն կփորե,
Կորոնե
Մեզ ու արմատ,
Կուտե, կուտե
Մեկ-մեկ, հատ-հատ:
Մուկը վազեց
Մկնուհու մոտ.
— Նանի՛, — ասավ
Մեր հին ծանոթ,—
Ա՛յ արմատը
Խոսքիս վկա,
Քեզնից հզոր
Չկա՛, չկա՛,
Քո դստրիկը
Հեզիկ-նազիկ,
Հեզիկ-նազիկ,
Շեկլիկ մազիկ,
Տուր ինձ՝ տանեմ,
Անեմ հարսիկ,
— Բարով, մկնի՛կ,
Բարով տեսա,
Ես քեզ զոքանչ,
Դու ինձ փեսա:
Իմ դստրիկը
Հեզիկ-նազիկ,
Շեկլիկ-մեկլիկ,
Շեկլիկ-մազիկ,
Կտամ ես քեզ,
Արա հարսիկ:
Մուկը մկան
Արավ փեսա.
Էս աշխարհի
Օրենքն է սա:

ՆԱՊԱՍՏԱԿԻ ՏՈՒՆԸ

Նապաստակն ու աղվեսը
Անտառի մեջ բարձր տեղում,
Որտեղ քամին պար էր խաղում,
Մազը մետաքս, մորթը փափուկ,
Խելքից թեթև, ոտքից չափուկ,
Նապաստակը տուն էր շինել
Ու աղվեսին դրկից եղել:
Տուն էր շինել թեև ցածրիկ,
Տուն էր շինել թեև նեղլիկ,
Բայց շատ հարմար, այն էլ փայտից,
Պաշտպանվում էր տաքից, ցրտից:
Աղվեսինը թեև լայն էր,
Թեև երկու աչքանի էր,
Բայց շատ ցուրտ էր, ողջը ձյունից,
Այդ էր եկել տիրոջ ձեռքից:
Բուք օրերին. ցուրտ ձմռանը,
Երբ վառվում էր վառարանը,
Տան օձորքից ջուր էր մաղում
Եվ աղվեսը միջին լողում:
Մի օր ընկավ հալիլոցը,
Տունը առավ կաթկըթոցը,
Դեռ չհասած մարտի կեսը՝
Անտուն մնաց մեր աղվեսը,
— Ոտդ պաչեմ, ա՛յ Շահզադե,
Ցրտի ձեռքից ինձ ազատե.
Մի անկյուն տուր տանդ միջին,
Ծառա արա քո առաջին:
Խոսք եմ տալիս, ես ամեն օր
Լվամ, կարեմ քո հինն ու նոր,
Եփեմ, թխեմ, քեզ ծառայեմ,
Տունդ տեղդ կարգին պահեմ:
Ա՜խ, իմ տունը լավի պես լավ
Չորս օրումը տակից հալավ, —
Աղվեսն ասաց նապաստակին,
Որ կանգնել էր դրան շեմքին:
— Լա՛վ. ներս արի, դրկի՛ց աղվես,
Բայց խնդրում եմ՝ ինձ հետ վարվես...
Կռիվ, ուշունց ես չեմ սիրում,

Հին բաներն էլ չեմ քրքրում:
Ու աղվեսը մտավ տունը,
Ճաշը կերավ, առավ քունը,
Քնից զարթնեց, դես դեն նայեց,
Տան տիրոջը խիստ հայհոյեց.
— Ա՜յ, վա՜յը տամ էդ քո գլխին,
Դու տանտե՞րը, ես աղախ՞ին.
Տան մեծ մասը քեզ պես՞ն.
Դռան տակը՝ խան աղվեսի՞ն.
Դե՜հ, դուրս կորի, ծուռաչք շլդիկ,
Պոչ էլ չունի, սրա՜ն մտիկ:
Նապաստակն ու արջը
Նապաստակը իրանն առավ,
Տունը թողեց ու դուրս թռավ,
Ետ չնայեց, վազեց, լացեց,
Քեռուն գտավ, ցավը պատմեց.
— Ա՜յ իմ քեռի, ա՜յ արջ ախպեր,
Էն աղվեսը չար, սրտամեռ
Փայտե տունս ձեռքես առավ,
Դուռը փակեց, իրանն արավ:
— Քրոջ որդի, է՜, ամոթ չէ՞,
Որ դու կուլաս, քեռիդ սաղ չէ՞:
Արի գնանք ես էն փչին
Մի լավ դաս տամ տանը միջին:
Թող չերկարի, ասեմ կարճը,
Քրոջ որդին, քեռի արջը
Եկան կանգնան տան դռանը,
Վառած գտան վառարանը:
Սրտոտ քեռին դուռը ծեծեց
Ու աղվեսին հերսոտ կանչեց.
— Տո՜, փո՜ւչ աղվես, սա ինչո՞ւ.
Էս իմ եթիմ քրոջ մանչու
Փայտե տանը տեր ես դառել
Ու նրան էլ դուրս ես արել:
— Ամեն խոսքի մի՜ հավատա,
Նապաստակը ի՞նչ Շահզադա.
Ձեռքե գալիք. մարդ խաբելիք:
Դեհ, հեռացեք, դոնես կորեք:
Ու աղվեսը դռան ծակից
Վառարանի թեժ կրակից
Բերեց ցանեց արջի վրան.

Մի լավ խանձեց դունչն ու բերան.
Փախավ արջը դունչը այրած,
Քրոջ որդին հետը առած:
Նապաստակն ու գայլը
Անտուն-անտեղ նապաստակը
Գնաց նստեց ծառի տակը,
Մաղիկ-մաղիկ մըղկտալով
Ցավն էր պատմում բարձր լալով.
— Ինձ լա՛վ խաբեց կեղծավորը,
Դուրսը թողեց էսպես օրը.
Մի տեղ չկա, միջին քնեմ:
Լացը լսեց գայլը դանդաղ,
Եկավ ասաց՝ ա՛յ քեզ մատաղ,
Ինչի կուլաս մաղիկ-մաղիկ,
Կտրատելով սիրտ ու աղիք:
— Է՛, գա՜յլ եղբայր, բանս բուրդ է,
Վրես բարակ, օրը ցուրտ է.
Էն աղվեսին թող չմնա,
Տանս միջին գրողի գա:
Ու սկզբից ինչ կար-չկար,
Նապաստակը բարակ-երկար
Պատմեց գայլին, հետն էլ լացեց,
Աղի-աղի արցունք թափեց:
— Դու քեզ խղճա, ի՛մ նապաստակ,
Ջուր մի՛ կորցնի դու ժամանակ,
Գնանք, ցույց տուր էն աղվեսին:
— Է՛, քիչ առաջ քեզ ինչասին,
Չէ որ արջից դու ուժեղ չես:
— Ա՛յ միամիտ, ի՞նչ ես խոսում.
Ես եմ ուժեղ, ճիշտն եմ ասում:
Արջն ի՞նչ է որ, վախկոտ կատու,
Էնքան քաջ է, ինչքան որ դու:
Լավ, վերջապես, վեր կաց գնանք,
Քո տան տեղը մի իմանանք,
Էն աղվեսին ես մի քաշ տամ,
Ոսկորները քեզ բաժին տամ:
Գայլ, նապաստակ ճամփա ընկան:
Շատ չտևեց, արագ եկան,
Եկա՛ն... և ի՞նչ. հեռվից տեսան
Մի վառ կրակ, վրան՝ կաթսան,
Ժիր աղվեսը գոգնոցն հագին,
Վրեն մաքուր, արգին-կարգին,

Դունդունալով ճաշ էր եփում,
Ու շերեփով քափը թափում:
Կերակուրը յուղոտ-սոխոտ,
Հո՜տ էր բուրում, մի անո՜ւշ հո՜տ,
Որ ծեր գայլին կալեց-կապեց,
Ախորժակը խիստ գրգռեց:
— Ինչ էլ լինի՝ էս աղվեսին
Բան չեմ ասի ես տան մասին,
Կերթամ մոտը, բարև կտամ,
Կերակուրից կհոտմըտամ,
Դեհ, աղվեսն էլ խոմ խամը չէ,
Որ քաղցածին չճանաչե, —
Ասաց գայլը ինքը իրան,
Լըպըստելով դունչն ու բերան:
Ու վերջապես տեղը հասան:
Երբ որ ճաշի կաթսան տեսան,
Գայլը չոքեց, գլուխ տվեց
Աղվեսին ու խոսել ուզեց:
Դեռ չէր բացել նա բերանը,
Քաջ աղվեսը իր դռանը՝
Հարձակվեցավ խեղճի վրան,
Գոչեց, ճըչաց զիլ, բարձրաձայն.
— Կորի՜, քավթառ, շուտ արա՜, թե՜զ
Նապաստակի պաշտպանին տե՜ս:
Էդ ե՞րբ առար վկայական,
Դարձար գլխիս գեշ փաստաբան:
Նապաստակն ու աքաղաղը
Անտուն անտեր նապաստակը
Դարձյալ եկավ ծառի տակը,
Մաղիկ-մաղիկ մըղկտալով՝
Ցավն էր պատմում բարձր լալով.
— Ինձ լավ խաբեց կեղծավորը,
Դուրսը թողեց էսպես օրը.
Անտուն, անտեր ես ի՞նչ անեմ,
Մի տեղ չկա՝ միջին քնեմ:
Ձայնը լսեց աքաղաղը,
Իսկույն թողեց իրա խաղը,
Վազեց եկավ ծառի տակը,
Որտեղ կուլար նապաստակը:
— Ինչի՞ կուլաս, ա՜յ իմ շլդիկ՜,
Ա՜յ խըլըշտիկ,

Մի՛ լար, մի՛ լար, չարդ տանեմ,
Պատճառն ասա՝ մի ճար անեմ:
Նապաստակը տեղը տեղին
Պատմեց եղածն աքաղաղին:
— Որ էդպես է
Էլ մի՛ սպասե,
Էլ մի՛ տզզա,
Հետս վզզա,
Տան տեր դառի,
Ինձ մի՛ վառի:
Մժեղի պես նրան կտցեմ,
Աղվեսն ինչ է՝ հետը մրցեմ:
Մութը մթին,
Ժամը ութին
Արագ, արագ,
Առանց ճրագ
Հերոսները
Շուտ տեղ հասան.
Ու անսասան
Քաջը գոչեց ձայնը փոխած,
Ալ արյունը աչքը կոխած.
— Ես ոչ արջն եմ, ոչ էլ գայլը,
Աշխարհք կառնե շորիս փայլը,
Ես իշխանն եմ մեծ, վարդերես.
Սուր եմ կախել հինգ գազ ու կես:
Էլ չի պրծնի գող աղվեսը,
Թե որ գտնեմ նրան ներսը:
— Ա՜յ, էս ո՞վ է վարդերեսը,—
Դուռը բացեց խան աղվեսը
Ու էն մթով
Դիպավ գետնով,
Լեղապատառ
Ընկավ անտառ:
Աքաղաղն ու նապաստակը,
Որ քաշում էր տան փափագը,
Տուն ներս մտան,
Սեղան նստան,
Հաշտ ու բարիշ լավ ընթրեցին
Ու էդպես էլ լավ ապրեցին:

ԳՅՈՒՂԱՑԻՆ ՈՒ ԱՐՋԸ

Գյուղացին իր բոստանում
Գարնանը սերմ էր ցանում.
Արջը եկավ
— Բարև ձեզ,
Ի՞նչ ես անում քեզ ու քեզ.
Արի ա՛յ մարդ, միանանք,
Մեկտեղ անենք վարուցանք:
Վարուցանքը մեր կիսրար,
Հունձն էլ անենք, հավասար:
— Աչքիս վրա, արջ ախպեր,
Օտար հո՞մ չենք, կուզես՝ բեր,
Հենց առաջին անգամը
Ցանենք մոտիս շաղգամը:
Ինձ՝ արմատը հողումը,
Քեզ փրերն ու ցողունը:
— Ցանենք, — ասավ ապերը, —
Ինձ ցողունն ու փրերը:
Քաղցր ու խոշոր շաղգամը
Հողում տոզեց աշնանը:
Արջ ապերն ու գյուղացին
Շաղգամն հողից հանեցին,
Ապերն առավ փրերը,
Արմատները՝ ընկերը:
Արջը տեսավ, որ խաբվեց,
Մարդու դեմը քիչ լարվեց:
— Վա՛յ, ինձ խաբե գյուղացին,
Կաց, էն մյուս ցանոցին.
Ինչ որ ցանենք հողումը,
Նրան կտամ ցողունը:
Էն մյուս տարին ցանոցին
Արջին ասաց գյուղացին.
— Ապե՛ր, արի էլի մենք
Կիտովի մի բան ցանենք:
Արջը թե՝ հա՛, շատ բարի,
Միայն անշուշտ էս տարի
Ինձ՝ արմատը հողումը,
Քեզ փրերն ու ցողունը:
— Համաձայն եմ ես նորեն,

Էս հետ ցանենք մենք ցորեն:
Մարդ գիտեր իր բանը
Ապորը հետը, իր տանը
Ցորենն աճեց տոպրակը,
Տվեց նրա շալակը:
Եվ ցանեցին մեծ արտը,
Բրդոտ ապերն ու մարդը:
Ընկերները միասին
Արտն հնձեցին հունիսին:
Մարդուն հասկ ուցողունը,
Արջին արմատն՝ հողումը:
Արջը էստեղ չհամբերեց,
Մի լավ, մի լավ փրփրեց.
— Հում կաթնակեր, խաբեբա,
Անտառ կգաս դու ապա:
Տես՝ գլուխդ ինչ բերեմ,
Միսդ վրեդ քրքրեմ:
Արջը էդպես նեղացած՝
Թքեց մարդուն ու գնաց:
Էլ չսպասեց գյուղացին,
Ցորեն հանեց կալոցին,
Հանեց տարավ ջրաղաց,
Ցորնից ալյուր նա աղաց,
Ալյուրիցը հաց թխեց,
Արջի վրա ծիծաղեց:
Օրը ցուրտ է...Ձյուն ձմեռ
Մրսեց մարդու ոտ ու ձեռ.
Կնիկն ասավ.
— Մրտամեռ,
Գնա անտառ ու փայտ բեր:
Մարդն էլ երկար մտածեց...
Մի օր սայլը նա լծեց,
Ախ քաշելով անդադար՝
Քշեց, գնաց դեպ անտառ:
Մին էլ ճամփին՝ աղվեսը.
— Հլա սրա երեսը,
Լուն վրայից որ ընկնի,
Հազար կտոր կլինի,
Ի՞նչ ես թթվել, ա՛յ անճար,
Աղամորդի չաչ-բանջար,
Ասա, ինչ է քո դարդը,
Ի՛նչ անճարն է էս մարդը:

— Պարո՛ն աղվես, դու գիտես,
Արյուն կերթա իմ սրտես:
Թե ինձ արջից ազատես,
Հինգ հավ ունեմ չաղլիկ-չաղ,
Հինգն էլ կանեմ քեզ մատաղ:
— Լավ, լավ,
Հինգ հավ...
Չաղ ու գեր,
Պարոն աղվես,
Մեկ-մեկ կեր...
Բայց թե ի՞նչն է պատճառը,
Ասա, գտնեմ ես ճարը:
— Էլ ի՞նչ ասեմ մի առ մի,
Արջը հետս է թշնամի,
Նրա ահից էս տարի
Տանն եղել եմ ես գերի:
Էսպես սաստիկ ձմռանը
Փայտ չես գտնի իմ տանը:
— Դարդ մի՛ անի, մարդ ախպեր,
Գնա անտառ ու փայտ բեր,
Թե որ տեսնի քեզ արջը՝
Անվախ կանգնի առաջը,
Ասա, ա՛յ արջ, դե՛հ, փախի,
Ականջներդ մի՛ կախի,
Է՛ս է կգա որսորդը,
Որ տիկ հանի քո մորթը:
Նա կասի, վա՛հ... ի՞նչ անեմ,
Դու էլ նրան՝ ե՛կ պահեմ.
Եվ դու՝ մինչև իմ գալը,
Կոխիր արջին ջվալը,
Ես էլ կգամ,
Այ, տե՛ս, մի տե՛ս, քո հետքովը՝
Որսորդի պես:
Գնաց մարդը խիտ անտառ.
Դեռ չէր կտրել նա մի ծառ,
Ձայնը լսեց էն արջը,
Եկավ ցցվեց առաջը:
— Եկել ես, հա՞, խաբեբա:
— Սուս կաց, ապե՛ր,
Սուս, անհամբեր,
Աստված վկա,
Մեծ փորձանք կա:

Է՛ս է կգա որսորդը,
Որ տիկ հանի քո մորթը:
— Բա ի՞նչ անեմ...
Իմ հալը...
— Արի, մտիր
Ջվալը,
Սայլի տակին
Քիչ պառկիր,
Ու շունչդ քեզ
Հավաքիր:
Մինչև որսորդի գալը
Արջը մտավ ջվալը:
Իսկույն եկավ աղվեսը,
Չկա մեկն էլ էդպեսը,
Եկավ բեղերը սրած,
Պոչը գետնովը փռած,
Եկավ սաստիկ բարկացած,
Դունչը տնկեց ու գոռաց.
— Է՛յ, ե՛կ էստեղ, գյուղացի՛,
Բան եմ ասում, իմացի՛.
Ես որսորդ եմ արքայի,
Գիտե՞ս ում եմ ման գալի.
Քո բարեկամ չար արջը
Դեռ չի տվել իր խարջը:
Չեմ հեռանա մոտիցդ,
Մազ կանցկացնեմ քթիցդ,
Խոտ կկոխեմ քո մորթը,
Ասա, ո՞ւր է բրդոտը:
— Պարո՛ն որսորդ,
Ես քեզ մի ճորտ,
Ես չգիտեմ,
Բանի հետ եմ,
Արջն ինձ էլ է
Թշնամի...
— Ի՞նչ ես անում
Սուտ քամի,
Բա էն ի՞նչ է սայլի ապկ,
Հիմի քաշե՞մ մի ապտակ:
— Կտրած ծառիս
Քոթուկն է...
— Սրան տես, ի՛նչ
Հանդուգն է:

Որ էդպես է,
Սայլին դիր ու պարանով
Պինդ կապիր:
Փայտը սայլին կդնեն,
Ոչ թե տակին կպահեն:
— Էս սհաթիս, աչքիս լուս,
Խոսքդ չանեմ մեկն երկուս:
Մարդը հասավ ջվալին,
Գրկեց, դրեց իր սայլին,
Բացեց թոկը, շտապեց ,
Արջին սայլից պինդ կապեց:
Ու աղվեսի խոսքովը,
Իրա ձեռքի կացնովը,
Էնքան խփեց էն խեղճին,
Արջը սատկեց սայլի միջին:
Մարդը ուրախ,
Ազատ, անվախ,
Փայտը բարձեց,
Սայլը լծեց,
Դրեց արջին
Սայլի միջին
Ու աղվեսին
Սայլի ուսին,
Ինքն էլ ոտով,
Եզան մոտով,
Ճիպտին տվեց, հո՛ արավ,
Բարերարին տուն բերավ,
Որ տա չաղ-չաղ հավերը,
Իր խոստացած, նվերը:
Բայց դեռ տանը չհասած,
Գյուղի շներն անիծած,
Որ աղվեսի հոտն առան,
Մեծ ու պստիկ
Դուրս թռան,
Հարա-հրոց հանեցին
Ու աղվեսին լարեցին:
Էն աղվեսը վազեվազ
Շնչակտուր, հազիվհազ
Մի ծակ գտավ,
Մեջը մտավ,
Հանգստացավ,

Ու ետ դարձավ
Նայեց վրան, ասավ իրան.
— Էս ինչ բան էր...
Ի՜մ անդամներ,
Ո՞րըդ կուզեր
Ինձ, ձեր տերին՝
Բաժին աներ
Էն շներին:
Դո՜ւք, օրինակ,
Երկար, բարակ,
Թեթև, արագ
Ի՜մ ոտիկներ:
— Ո՜չ, ո՜չ, մեր տեր,
Մեր հերն ու մեր, —
Ասին ոտներ:
— Դո՜ւք, օրինակ,
Վառած ճրագ,
Լուս-արեգակ
Ի՜մ աչիկներ:
— Ո՜չ, ո՜չ, մեր տեր,
Մեր հերն ու մեր,—
Ասին աչեր:
—Ականջներ, դո՜ւք,
Սուր-սուր լսուկ:
Ո՜չ, ո՜-չ, մեր տեր,
Մեր հերն ու մեր, —
Ասին ականջներ:
— Եվ դո՛ւ, պոչիկ,
Իմ խաձուձիկ,
Խունջիկ-մունջիկ,
Ոսկե փնջիկ:
— Այո՛, աղվես,
Մաղով մաղվես,
Դեղով դեղվես,
Պատից կախվես.
Ես կուզեի
Քո ոտների
Մեջն ընկնեի,
Որ դու գայիր
Գլխակոնծի...
— Սո՜ւս, պապանձի՜,

Տանու դուշման,
Բախտից փոշման,
Ոչ ու փուչիկ,
Անպետք պոչիկ,
Ինքնահավան,
Ճոռթած բերան,
Հա՜ մեջընկան,
Գետնի տափան,
Վազքիս խափան,
Էս րոպեիս
Ես քեզ ցույց տամ,
Կաց, շների
Բերանը տա՛մ...
Ու աղվեսը
Պոչի կեսը
Հանեց մեկից
Խորը ծակից:
Էն շներն էլ,
Մեծն էլ, փոքրն էլ,
Ողջը կծան,
Վրա պրծան,
Գզին, գզվան,
Պոչին լծվան
Ու քաշեցին,
Քաշքշեցին,
Էն աղվեսին
Դուրս հանեցին,
Բուրդ դրեցին
Ու գզեցին:

ՑՈՐՆԱՏԵՐՆ ՈՒ ՋԱՂԱՑՊԱՆԸ

Մեկը ցորեն տարավ ջաղաց,
Էն ցորենից ալյուր աղաց,
Ջաղացպանն էլ բաղարջ թխեց,
Թոնրից հանեց, մեջտեղ դրեց.
— Արի պատմենք մի-մի առակ,

Ումը լինի լավ, ընդունակ,
Էս բաղարջը թող նա ուտի,
Էլ չնայենք դորթի, սուտի:
Ցորնատերը թե՝ ես կասեմ,
Ջաղացպանը թե՝ կլսեմ:
— Մենք ունեինք մի մեծ աքլար,
Որին ընկեր մի տեղ չկար.
Հերու էր, թե մեկել տարին,
Հայրս հեծավ էդ աքլարին,
Գնաց Լոռի. ցորեն բերի,
Որ թանկ տարին տունը պահի:
Բայց քարքարոտ, երկար ճամփին
Ձին ու տերը հասած ամպին՝
Իրենցից ցած չեն նկատում,
Գայլը ձիու կողն է ուտում:
Շատ են գնում, քիչ են գնում,
Մեկ էլ հայրս ցած է իջնում,
Որ ջուր խմի. հանգստանա,
Իր ձին հեծնի, ճամփա գնա:
Բայց նա էդտեղ տեսնում է, որ
Ձի-աքլարի կողը կլոր
Կերած է: Էլ նա չի կանգնում,
Գնում, ծառից ուռ է բերում,
Էն աքլարի կողը գործում,
Լվանում է ու ջուր ածում,
Նորից հեծնում է աքլարին,
Ման է գալիս կլոր տարին,
Ու հազար փութ ցորեն բարձած,
Ինքն էլ բեռան վրա նստած,
Գալիս, կանգնում մեր տան դռան:
Մենք շինեցինք մի ելարան,
Ելանք հորս ներքև բերինք,
Բեռով ցորենն էլ ներս դրինք,
Էն ցորենիցն է, դու, ահա,
Էս բաղարջն ես թխել հիմա:
Ջաղացպանը թե՝ ես կասեմ,
Ցորնատերը թե՝ կլսեմ:
— Մենք ունեինք մի մեղրաճանճ.
Հա՛մ պոզ ուներ, հա՛մ էլ ականջ:
Մի օր ճանճը փախավ տանից
Հորս պարապ արավ բանից.

Խեղճը գնաց, շատ ման եկավ,
Բայց գիժ ճանճը էլ ձեռք չընկավ:
Վերջը հայրս դարձավ գեղը,
Մորիցս առավ մեծ ասեղը,
Տարավ տնկեց գոմի կտրան
Ու ջուխտ ոտով կանգնեց վրան:
Մեկ էլ տեսավ դաշտի միջին՝
Որ գութան են լծել ճանճին:
Տուն-տնովի դաշտ վազեցինք,
Ճանճին գութնից արձակեցինք
Ու տուն բերինք բռնած պոչից,
Բռնած գժի ջուխտ ականջից:
Բայց, արի տես, մեր առյուծը,
Որ չէր տեսած գոմշի լուծը,
Տրորել էր իրա ուսը.
Հայրս քաշեց իր դմբուզը,
Ջարդեց մի մաղ տան ընկուզը
Ու ընկուզից հանած եղը
Քսեց ուսի ցաված տեղը:
Ամռան օր էր... սիրո՛ւն... պայծա՛ռ...
Իսկույն ուսից բուսավ մի ծառ:
Ծառը տեսավ մի մեծ ագռավ,
Եկավ ծառի վրա թառավ.
Մի հողի կոշտ հայրս առավ,
Էդ ագռավին վրա արավ:
Կոշտը ցրվեց, դարձավ մի հող,
Մի օրավար վարելահող:
Երբ որ եկավ, հասավ մարտը,
Ցորեն արինք մենք էն արտը:
Մտանք հունիս, ընկավ քաղը,
Ես վեր առա սուր մանգաղը
Մտա արտը ու քաղեցի,
Բայց մի սաստիկ ճիչ լսեցի.
Խեղճ աղվեսը, էն անմեղը,
Արտի միջին, քնած տեղը,
Իմ մանգաղին դարձել էր զոհ:
Իմ արածից ես էլ դժգոհ
Բերի խեղճին ու քերթեցի,
Մորթին մսից բաժանեցի,
Բայց ի՞նչ կասես՝ մորթու տակից,
Ետի ոտի աջ կրընկից

Մի թուղթ ելավ ձեռքով ծալած
Ու միջին էլ գրչով գրած.
— Ա՜յ ցորնատեր, գնա՜ բանին:
Բաղարջը տուր ջաղացպանին:
Ցորնատերը թուղթը կարդաց,
Ալյուրն առավ, սոված գնաց:

ԿԱՔԱՎՆԵՐԻ ԿՂԿՂՈՑԸ

1

Կաքավներին՝ լուռ, սգավոր,
Բզեզները ասին մի օր.
— Ի՞նչ եք այդպես տխուր, տրտում
Ինչո՞ւ երգեր էլ չեք երգում:
Ձեր երգերը, ձեր դայլայլիկ՝
Ջրի խոխոջ, ջրի ալիք,
Ձեր երգերը՝ անուշ զեփյուռ,
Արտի ծփանք, զանգակ աղբյուր:
— Ա՜խ, բզեզներ մեզ պես անճար,
Մեզ պատժեցին խիստ չարաչար
Մեր ցեղակից խռպոտ, անձայն,
Երգ չսիրող ու բաղաձայն,
Արյունարբու, արյունկզակ
Թռչունները՝ գող-ավազակ:
Մի օր արծվին զանգատ արին,
Գանգատ արին թագավորին,
Ասին. — Արքա՜, կաքավները,
Մեր ցեղակից թռչունները,
Պարապ-սարապ, անբան, անգործ:
Հա՜ երգում են, հա՜ կաքավում,
Ամեն անգամ մեզ խանգարում:
Հազար ու մի ցավի տեր ենք.
Կաքավներին ինչպե՞ս ներենք:
Ինչ էլ ասեք՝ քի՜չ է, քի՜չ է,
Օրինակը վարակիչ է:
Հրամայիր կաքավներին,

Այդ անխոհեմ թռչուններին,
Որ էլ չերգեն
Ու կաքավեն։
Արքան, ինքն էլ խիստ երգատյաց՝
Թռչուններին նա հավատաց,
Հրամայեց, որ էլ չերգենք,
Դրա համար լռեցինք մենք։
Բզեզները ասին նրանց.
— Ձեր արքային՝ չար ու նախանձ,
Չենք ճանաչում, արքա հզոր.
Լավ իմացեք, որ հենց էսօր,
Բզեզներիս ուժի զոռով
Գահը կանենք գլխին խռով,
Որ իմանա՝ ինչ է դատը,
Ի՞նչ է լավը, ի՞նչ է վատը։
Առանց թռչնի՝ ինչ բույն գտնենք,
Մենք խմբովի ներս կմտնենք.
Անունը ձու՝ կածենք գետին,
Էլ չենք նայի քչին, շատին։

2

Ինչպես ասին, այնպես արին,
Խիստ պատժեցին թռչուններին,
Նույնը արին հզոր Արծվին,
Չափսոսացին ոչ մի ձվին,
Ու բարձրացավ սուգ ու շիվան...
Դատարկ բներ... ջարդված ձվան...
Ով արքային գանգատ եկավ...
— Հանցավոր է, — ասավ, — կաքավ.
Իրենք կաքավ ու էսպես բա՞ն...
Խիստ կատաղած Արծիվ արքան
Բարձր գահից այսպես ճչաց.
— Ինչ է, մնամ ես անժառա՞նգ
Ու չունենամ թագաժառա՞նգ,
Կաքավներին, ա՜յ, հենց էսօր
Մա՜հ, կոտորա՜ծ, բանտ ու աքսո՜ր։
Լուրը հասավ կաքավներին
Էլ ճար չկար, ի՞նչ անեին։
Մեր ու մանուկ իրար անցան.

Այնպես ծածուկ, լռիկ, անձայն,
Չսպասելով մեծ սարսափին,
Բույն ու ձվան թողած տափին,
Թռան, մտան ժայռի ճեղքեր,
Սև-մութ այրեր, խոր անտառներ:

3

Արքայի մոտ հեռվից վըզ-վըզ,
Բզեզները եկան բըզ-բըզ:
Եկան ասին. — Հզո՛ր արքա,
Ամեն մեղքին մի պատիժ կա,
Ի՞նչ ես գալիս տըրրաք-տըրրաք,
Ի՞նչ ես դառեք մի բուռ կրակ:
Մենք ենք ջարդել ձեր ձվերը,
Ի՞նչ մեղք ունեն կաքավները:
Բա՛ն ենք ասում, խելքի՛ արի,
Թե չէ, լսի՛ր. կլոր տարին
Մենք կպատժենք թռչուններին
Ու կգցենք քեզ այս օրին:
Դա՞տ ես անում, արա՛ արդար:
Դու՝ լսելով
Թռչուններին նախանձ ու չար.
Խիստ պատժեցիր կաքավներին
Ու վերջ դրիր երգ ու պարին:
Այդ հերիք չէր, այժմ էլ աքսոր,
Քե՛զ ենք ասում, արքա՛ հզոր,
Ետ առ, ետ առ քո վճիռը,
Ջընջի, ջընջի մահվան գիրը:
Թող վերանա նախանձ ու քեն,
Կաքավները նորից երգեն:
Նորից երգեն իրենց համար,
Ուրախանա արար աշխարհ:
Այդտեղ արքան իրեն ահից,
Որ չզրկվի մի օր գահից,
Ջնջեց իսկույն իր վճիռը՝
Աքսորի ու մահվան գիրը:

4

Բզեզները էլի բըզ-բըզ,
Արծվի մոտից թռան վըզ-վըզ
Ավետեցին կաքավներին,
Թե հաղթեցին չար արքային:
Ասին. — Երգիչ դուք կաքավներ,
Մեր սիրելի հարևաններ,
Վերադարձեք ձեր բները
Ու երգեցեք ձեր երգերը.
Երգին արգելք չկա երբեք,
Պետք է լսվի կաքավի երգ:
Աչքալույս էր կաքավներին,
Կտուցները լայն բաց արին,
Լայն բաց արին կրկին-կրկին,
Որ երգեին երգը նախկին:
Բայց ձայն չըկար՝ երգելու ձայն.
«Կղա, կղա» արին միայն,
«Կղա, կղա» երկու հնչյուն....
Վա՛յ քեզ, վա՛յ քեզ, կաքավ թռչուն,
Սրտիդ էնքան խորունկ վերքից
Դու զրկվեցիր ձայնից, երգից:
Ու այն օրից ձորամիջին,
Տխուր կանգնած մամռոտ քարին,
Լայն կտուցը լիքը արին,
«Կղա՛, կղա՛» կըղկըղալով,
Հոգու միջից մղկտալով,
Անցած փառքի սուգն է անում
Կըղկըղում է ու կըղկըղում:

ԱՂՎԵՍՆ ՈՒ ԱՐՋԸ

Տրճիկ-մրճիկ,
Սարի շրջիկ,
Աղվեսն եկավ
Պոչը փնջիկ,
Խունջիկ,

Մունջիկ.
— Արջի՛կ.
Փարչիկ,
Գթոտ, բարի,
Ցուրտ ձմեռ է,
Մարդ կսառի.
Բա մեղքը չե՞մ,
Ոտդ պա չեմ,
Ա՛ռ ինձ որջդ,
Մտնեմ քուչդ,
Առնեմ շունչդ,
Գարուն հասնեմ,
Մի օր տեսնեմ:
Տատմեր եմ ես,
Երբ գարնան դեմ
Որդի բերես
Արմաղ,
Շարմաղ
Ու լուսերես,
Քոթոթներիդ,
Բոտոտներիդ
Ես գուլուլեմ,
Ես բալուլեմ,
Ուտեցընեմ,
Քնեցընեմ,
Օրո՛ր ասեմ,
Օրո՛ր, նանիկ,
Օրո՛ր, սանիկ,
Օրո՛ր, ջանիկ,
Ցերեկները
Խաղացընեմ,
Հա՛ հազցնեմ,
Հա՛ կապցնեմ,
Հա՛ թոցնեմ,
Ամեն անգամ
Սար-ձոր ման գամ,
Մանկեմ,
Ճանկեմ,
Ճարեմ,
Ճուրեմ,
Մուրամ,

Կուրամ,
Նրանց շահեմ,
Նրանց պահեմ
Հավի դոշով,
Փրփուր լոշով,
Մեղրածորով,
Տանձ խնձորով,
Քանի օրով,
Կուզես տարով,
Կրթեմ,
Հարթեմ,
Էս իմ հանգին
Ձեռքիս տակին:
Թե ալարեմ,
Ոչ դալարեմ:
— Աղվե՛ս, աղվե՛ս,
Դու համ մեղր ես,
Համ շաքար ես,
Չամչի հատիկ,
Մեղրի մատիկ,
Մեղրիցը զուտ՝
Անուշ լեզուդ
Սրտիս հասավ, —
Արջիկն ասավ.
— Որ դրսումն ես,
Ու մըսում ես,
Որ տատմեր ես,
Բնավեր ես,
Ու դու համ էլ
Որ էդքան էլ
Տղասեր ես,
Եկ իմ որջս,
Մտիր քուչս,
Առ իմ շունչս,
Գարուն հասնենք,
Արև տեսնենք:
Քոթոթներիս,
Բոտոտներիս
Քեզի՝ սանիկ,
Ինձի՝ ջանիկ,
Նայիր, պահիր,

Շոյի, շաhի
Ու քո hանգին
Հարթի,
Կրթի
Ձեռքիդ տակին:
Արջն աղվեսին
Ձմռան կեսին
Տարավ տունը,
Իրա բունը:
Շուտով ինքը
Ջըլա մտավ.
Նրա ծոցում
Բրդոտ ու թավ՝
Աղվեսն իրա
Տեղը գտավ:
Գիշերները
Արջի ծոցը
Տաքանում էր,
Ոնց որ օձը:
Ցերեկները
Թափառում էր,
Սար, ձոր մանկում,
Փորի hամար
Բան էր ճանկում:
Հասավ օրը,
Որդի բերավ
Մեր ծոցվորը:
Տատմեր եղավ
Էն պոչվորը,
Ծննդկանին
Եփեց խավիծ,
Երբ ազատվեց
Տղի ցավից:
Քոթոթներին,
Բոտոտներին,
Թուլոտ,
Մուլոտ,
Հլա էնպես,
Հլա անոտ,
Գուլուլում է,
Բալուլում է,

Երգ է ասում,
Սրտից խոսում.
— Իմ սանիկներ,
Իմ ջանիկներ:
Օրո՛ր օրո՛ր,
Օրո՛ր, նանի՛,
Բալիկներիս
Քունը տանի:
Հա՛ քնեցեք,
Պտուղ
Պտուղ
Քրտընեցեք,
Դուք օրեցօր,
Հա՛ թոջկըցեք,
Դուք ոտ առեք,
Վազկան դառեք:
Ձունը լխկի.
Դաշտը ծաղկի,
Գնանք.
Ման գանք.
Ես ձեզ տանեմ
Բողազավանք
Ու թել մանեմ
Կարմիր կազից
Ու կախ անեմ
Վզից,
Մզից,
Երեք բալիս
Հորոտ-մորոտ,
Կարմիր կազից
Կարմիր նարոտ:
Ձյունը հալավ,
Դաշտը ծլավ,
Ալ ու ալվան,
Ալ աբրեշում
Շորեր հագավ,
Դշխուն
Նշխուն
Գարուն եկավ:
Թռչուն,
Մրջյուն,

Շունչ կենդանի
Էն սեղանից
Հաց կտանի:
Փառք մայր հողին,
Մեր ծնողին,
Հաց է տալիս
Աշխատողին:
Լխտիկ,
Մխտիկ,
Չարաբաստիկ,
Քոթ-քոթոթիկ,
Բոտ-բոտոտիկ,
Արջուկները,
Մանչուկները,
Տոտիկ,
Տոտիկ,
Ելան ոտիկ,
Վազվզելով
Հեռու, մոտիկ:
Ու տատմերը
Տատիկ,
Տատիկ,
Մեղրամատիկ,
Չամչի հատիկ,
Մի օր տարավ
Սանիկներին,
Ջանիկներին
Բողազավանք:
Մորը ասավ.
— Գնանք
Ու գանք:
Երեք ձագին
Խաղով,
Պարով,
Նա տանելով
Սարով,
Ձորով,
Բռնեց մին-մին
Դրեց գետնին,
Չոքեց բկին
Ու իր հանգին

Երեք վզից
Կախեց նարոտ,
Արջին թողեց
Բալի կարոտ:
Որ ետացան
Երեք ձուտը,
Էն արջն ընկավ
Ել ու մուտը:
Չկա տատմեր,
Չկա բալա,
Միրտը փորում
Կուլա-կուլա.
— Ա՜խ, ձագիկներ,
Իմ բալիկներ,
Ալիկ-չալիկ,
Շեկլիկ-մեկլիկ,
Կլոր-գլոր.
Ո՞ւր եք, ո՞ւր եք
Պապակ սրտիս
Ծարավ լերդիս
Մի պուտ ջուր եք:
Ինչո՞ւ էդպես
Մխալվեցի,
Չար տատիկի
Հետ ճամփեցի
Էն քանդըված
Բողազավանք,
Էլ ո՞ւր մնաց
«Գնանք ու գանք»...
Էսպես սիրտը
Մաղիկ-մաղիկ,
Կտրատելով
Միրտ ու աղիք,
Արջը մերիկ
Լնգին,
Լնգին,
Կոպալ դունչը
Ծընկին,
Ծընկին,
Ափալ,
Թափալ,

Ծընկները ծալ՝
Ճամփեն ոլոր,
Միրտը մոլոր,
Ելավ,
Ընկավ
Քար ու քոռս…
Որ չի գոռա՛,
Որ չի բոռա՛,
Սարն ու ձորը
Կդոդոա:
Ձենը առավ
Չար տատիկը,
Լեղին թռավ
Էն կատիկը.
Պոչը քաշեց,
Էլ ետ չաշեց,
Պզզաց,
Վզզաց:
Սար-ձոր անցավ,
Մի ուռենու
Նա մոտեցավ:
Ուռը քաղեց
Էն ծառիցը,
Կողով գործեց
Էն ուռիցը
Ու սկսեց
Իրա երգը.
— Ողջ աշխարիքն է
Իմ մի ձեռքը,
Էլ ո՞վ ունի
Էս իմ խելքը:
Գիտեմ սողալ,
Մտնել՝ լողալ
Ելնել՝ դողալ...
Իմն է դաշտը,
Իմն է հանդը,
Հազար հունար,
Հազար ֆանդը...
Նազիկ-նուզիկ,
Փափկամազիկ,
Ես աղվեսն եմ

Սարի շրջիկ,
Սարի ձորի
Տրճիկ-մրճիկ...
Մին էլ՝ պուպուստ...
Արջը չուստ-չուստ,
Թե՝ ձագերս,
Ա՜յ տատմերս,
Ա՜յ արնատեր:
— Ի՞նչ ձագ, ի՞նչ բան...
— Խոսո՞ւմ ես դեռ...
Սո՜ւս, հոգեհան,
Երեք բալիս
Հետդ չառա՞ր
Ու չտարա՞ր
Բողազավանք,
Դու չասացի՞ր
Գնանք ու գանք:
— Կոպիտ, անտաշ,
Բռի, թերմաշ,
Ջո՞ւր ես, մո՞ւր ես,
Երկու աչքով
Հաստատ կո՞ւր ես.
Պապական մենք
Ամբողջ ցեղով
Վարպետներ ենք
Ահ ու դողով:
Արի՜ ըստի
Սըսկի, նստի,
Քիչ հանդարտի,
Քեզ մի՜ ջարդի:
Գործս ավարտեմ,
Պոչս փարտեմ,
Ծակ-ծուկ մտնեմ,
Քո ձագերի
Տեղը գտնեմ:
Վա՜յ, վա՜յ, արջի
Ձագը կորչի՞,
Բա ամոթ չի՞:
Արջը նստեց արջավարի,
Ուստա աղվեսն ուստավարի
Նրա շուրջը ուռեր տնկեց

Ու գործելը շարունակեց:
Ուստեն դուրսը, արջը միջին,
Գործը հասավ արջի դնչին:
Կողովը դեռ կիսատ-պռատ,
Հովիվ ու շուն, երեք-չորս հատ,
Վրա տալով ուռե բերդին,
Ու շրջելով արջի լերդին
Կոպըլտեցին,
Բըզկտեցին՝
Կողովն առան,
Ճամփա ցցին:
Էդ աղվեսն էր սարի շրջիկ,
Աչքն՝ ետևը, տրճիկ-մրճիկ,
Գնաց դարձավ մի ջաղացպան,
Էդպես մի բան...
Վրեն գլուխն ալրոտ,
Ելավ նստեց դռան մոտ:
Արջը հուզված.
Սաստիկ զզված,
Լընգին-լընգին,
Կոպալ դունչը
Ծընկին-ծընկին,
Վրա հասավ.
— Աղվես, — ասավ, —
Գետինն անցնես քո ցեղովը,
Գլխիդ կպչի քո կողովը,
Բուրդս քաշեց շան ժողովը:
— Ա՜յ արջ քեռի,
Մի թոթռի,
Ի՞նչ շան ժողով,
Է՞դ ինչ կողով
Ջաղացպան ենք ազգով, ցեղով
Խիստ աբուռով, ահ ու դողով:
Մի ողջ օր է՝ ծոմ ու պաս եմ,
Հյուրի ճամփա ես կսպասեմ,
Որ մի պատառ հաց ճաշակեմ,
Ես էլ խալխին մի մշակ եմ:
Գնանք, ապե՜ր,
Մի քիչ հաց կեր,
Ջուր տամ խմի,
Հետո մի-մի

Ցավդ պատմի:
Ջաղացպանը
Գիտեր բանը.
Տարավ հյուրին
Հանեց քարին:
— Ապե՜ր, ըստի, —
Ասավ, — նստի,
Քիչ դիմացի,
Գնամ հացի:
Արջին
Փարչին,
Խելքը կարճին
Էսպես խաբեց,
Վզզաց գնաց,
Ջուրը կապեց:
Քարը, քարը
Գլորավ,
Պարը, պարը
Բոլորավ,
Արջը, արջը
Մոլորավ:
Քարը, քարը
Գոգռաց,
Արջը, փարչը
Գոռգոռաց,
Գոռաց,
Բոռաց
Ու ցատկեց,
Դիպավ պատին
Ու սատկեց:
Աղվեսն եկավ
Թռթռվեց,
Գլխին կանգնեց
Ու գռվեց.
— Ջրի՜կ, չոռա,
Քարի՜կ, գոռա.
Իմ արջիկը,
Իմ փարչիկը
Ո՜նց է չռվել,
Ո՜նց է փռվել:
Ավել աչքս

Թող կուրանար,
Թերմաշ, անտեր,
Էդ ո՞նց թռար
Պատին առար
Ու չոր մեռար:
Նստեմ լինքդ,
Լամ երկինքդ...
Ա՜խ արջիկ ջան,
Բալի կարոտ,
Քո վզիցն էլ
Կախեմ նարոտ:
Քո գլխիցը
Ի՜նչ է հոսում,
Բլբուլ լեզուդ
Ո՞նց չի խոսում:
Քո տատմորը
Հազար ամոթ,
Որ դու չերթաս,
Այ իմ բրդո՜տ,
Բողազավանք,
Ճոլտերիդ մոտ:
Աղվեսն ընկավ բկի հետ,
Ես էլ դրի վերջակետ:
Ավարտեցի հեքիաթը,
Բա ո՞ւմ հանձնենք էս դատը:

ՍՈՒԼԹԱՆ ԱՔԼՈՐԸ

— Ծուղ-րու-ղո՜ւ-ղո՜ւ...
Ես շահ Աքլորն եմ,
Ես խան Աքլորն եմ,
Սուլթան Աքլորն եմ,
Ի՜մ հավիկներ, հա՜վ մարիկներ,
Ո՞վ է աշխարհի գեղեցիկը,
Քաջրից քաջը, երգեցիկը,
— Չկա՜, չկա՜, սուլթան ու խան,
Չկա, չկա, պայծառ մեծ շահ

Էս աշխարհում քեզ հավասար:
Դու ես գեղեցիկը, դու ես երգեցիկը,
Դու ես քաջը, — պատասխանեցին Հավերը:
— Ծուղ-րու-ղո՛ւ...
Արծըվի ձեն ո՞վ ունի,
Ուժեղ ոտներ ո՞վ ունի,
Գույն - գույն շորեր ո՞վ ունի:
— Մեր շահի շորերն են գույն-գույն,
Ոտներն են պողպատ ու ձենն է զիլ-զիլ, ոսկի ծիլ-ծիլ:
— Ծուղ-րու-ղու...
Ո՞ւմ թախտն է բարձր,
Ո՞ւմ գլխին թագ կա,
Ո՞վ է ձեր սուլթանը, ո՞վ է ձեր խանը:
— Քո թախտն է բարձր, քո գլխին թագ կա: Դու ես մեր խանը, դու ես սուլթանը:
Բայց... բռնեցին խանին, մորթեցին սուլթանին, փետրեցին շահին, եփեցին նրան, նստեցին կերան:
— Ծուղ-րու-ղու-ղո՛ւ,
Ծուղ-րու-ղու-ղո՛ւ... Աքլորն եմ,
Ծուղ-րու-ղու-ղո՛ւ…Թագվորն եմ,
Մի հավ ունեմ՝ տունը չէ,
Մի հավ ունեմ՝ բունը չէ,
Էս աքլորիս հալն ի՞նչ է...
Մին էլ մի ճուտ վազելով ճտճտաց,
— Բա չես ասի, հայրիկ, տանտիկին Մարոն չալտիկ Վառոյին ծախեց չարչուն, չիթ առավ, նստել է իր քոթոթ Վաչիկի համար չուչիկ է կարում:
Աքլորն իսկույն վազեց տուն, Մարոյի ձեռքից ասեղը խլեց, պապիի ձեռքից կոպալը, դուրս թռավ, որ գնա իր Վառոյին չարչու ձեռքից ազատի: Դռնից դուրս գալիս կատուն հարցրեց,
— Ո՞ւր եք գնում, Ասե՛ղ:
— Կոպալին հարցրու:
— Ո՞ւր եք գնում, Կոպա՛լ:
— Աքլորին հարցրու:
— Ո՞ւր եք գնում, Աքլո՛ր:
— Ծուղ-րու-ղու ղո՛ւ... Աքլորն եմ,
Ծուղ-րու-ղու-ղո՛ւ... Թագվորն եմ,
Մի հավ ունեմ՝ տունը չէ,
Մի հավ ունեմ՝ բունը չէ,
Մինն էլ տարել է չարչին,
Գնամ պատժեմ տան միջին:
— Ես էլ կգամ...
— Լա՛վ, արի, երեք չլինենք, չորս լինենք:

Մի քիչ էլ գնացին, Շունը հարցրեց.

— Ո՞ւր եք գնում, Ա՛սեղ:

— Կոպալին հարցրու՛:

— Ո՞ւր եք գնում, Կոպա՛լ:

— Կատվին հարցրու՛:

— Ո՞ւր եք գնում, Կատո՛ւ:

—Աքլորին հարցրու՛:

— Ո՞ւր եք գնում, Աքլո՛ր:

— Ծուղ-րու-ղու-ղո՛ւ... Աքլորն եմ,

Ծուղ-րու-ղու-ղո՛ւ... Թագվորն եմ,

Մի հավ ունեմ՝ տունը չէ,

Մի հավ ունեմ՝ բունը չէ,

Մինն էլ տարել է չարչին,

Գնամ պատժեմ տան միջին:

— Ես էլ գամ...

— Լա՛վ, չորս չլինենք, հինգ լինենք:

Մի քիչ գնացին՝ ուլիկը հարցրեց.

— Ո՞ւր եք գնում, Ասե՛ղ:

— Կոպալին հարցրու՛:

—Ո՞ւր եք գնում, Կոպա՛լ:

—Կատվին հարցրու,

— Ո՞ւր եք գնում, Կատո՛ւ:

— Շանը հարցրու՛:

— Ո՞ւր եք գնում, Շո՛ւն:

—Աքլորին հարցրու՛:

— Ո՞ւր եք գնում, Աքլո՛ր:

— Ծուղ-րու-ղու-ղո՛ւ... Աքլորն եմ,

Ծուղ-րու-ղո-ղո՛ւ... Թագվորն եմ,

Մի հավ ունեմ՝ տունը չէ,

Մի հավ ունեմ՝ բունը չէ,

Մինն էլ տարել է չարչին,

Գնամ պատժեմ տան միջին:

— Ես էլ գամ:

— Լա՛վ, հինգ չլինենք, վեց լինենք:

Մի քիչ էլ գնացին Իշուկը հարցրեց.

— Ո՞ւր եք գնում, Ասե՛ղ:

—Կոպալին հարցրու՛:

— Ո՞ւր եք գնամ, Կոպա՛լ:

— Կատվին հարցրու՛:

— Ո՞ւր եք գնում, Կատո՛ւ:

— Շանը հարցրու՛:

— Ո՞ւր եք գնում, Շո՛ւն

59

— Ուլիկին հարցրու:
— Ո՞ւր եք գնում, Ուլի՛կ:
— Աքլորին հարցրու:
— Ո՞ւր եք գնում, Աքլոր:
— Ծուղ-րու-ղու-ղո՛ւ... Աքլորն եմ,
Ծուղ-րու-ղու-ղո՛ւ... Թագվորն եմ,
Մի հավ ունեմ՝ տունը չէ,
Մի հավ ունեմ՝ բունը չէ,
Մինն էլ տարել է չարչին,
Գնամ պատմեմ տան միջին:
—Ես էլ կգամ:
—Լավ, արի՛, վեցը չլինենք, յոթը լինենք:

Ասեղը, Կոպալը, Կատուն, Շունը, Ուլիկը, Իշուկը և Աքլորը ճամփա ընկան, գնացին, գնացին և կեսգիշերին վրա տվին չարչուն քնած տեղը:

Ասեղը շուլալվեց չարչու դոշակին: Կոպալը կանգնեց դռան ետևը, Կատուն նստեց ոտների տակը, Աքլորը ճրագթաթին, Շունը դռանը պպզեց, Ուլիկը, Իշուկը կտուր բարձրացան: Ասեղն սկսեց ծակծկել չարչու կողերը: Կատուն ճանկռոտեց ոտները, Իշուկը, Ուլիկը վազվզեցին և դղրդացրին կտուրը:

Չարչին խիստ վախեցավ, ելավ որ ճրագ անի՝ Աքլորը թևերը թափահարեց, վազեց որ դռնից փախչի՝ Կոպալը կոպալտեց, եկավ որ թոնիրը մտնի՝ Կատուն ճանկռտեց: Խեղճի ճարը կտրվեց, վեր կացավ ու մի քանի կոպալ ուտելով, լեղապատառ դռնիցը դուրս փախավ: Դռանը Շունը կծեց, կտուրից Ուլիկն ու Իշուկը կանչեցին.

— Բռնեցե՛ք, հա՛, բռնեցե՛ք:

Չարչին փախավ: Է՜ն փախչելն է, որ փախչում է:

Կատուն մտավ, հավանոցից Հավին դուրս բերավ, Աքլորը նստեց Իշուկի վրա, Հավը իր առաջը նստեցրեց, Կոպալի գլխին խփեց Ասեղը և դրեց իր ուսին:

Մյուս ընկերները՝ Կատուն, Շունը, Ուլիկը շրջապատեցին Իշուկին և այնպես մլավելով, հաչելով, մկկալով և զռալով, ծուղ-րու-ղո՛ւ կանչելով, լուսաբացին գյուղ մտան:

Աքլորը Իշուկի վրայից թռավ կտուրը և հպարտ-հպարտ երգեց.

— Ծուղ-րու-ղու-ղու...
Աքլորն եմ,
Մի հավ ունեմ՝ տունն է,
Մի հավ ունեմ՝ բունն է,
Մինն էլ տարել էր չարչին,
Դուռ ու դրկից ժողովեցի,
Մութ գիշերով գնացի,
Չարչուն տան մեջ պատժեցի,
Վառոս տարել էր գերի,

Գնացի ու ետ բերի.
Ծուղ-րու-ղու-ղո՜ւ... Թագվորն եմ,
Ծուղ-րու-ղու-ղո՜ւ... Աքլորն եմ:

ՃՌԻԿԸ

1

Թռչկոտում էր Ճռիկը, թռչկոտում էր ծաղկից ծաղիկ, խոտից խոտ ու ճռի՜կ, ճռի՜կ, ճռճռում:

Անմեղ աղջիկ էր,
Ծաղկի փնջիկ էր,
Միրտն էր խոսում,
Երգ էր ասում:

Մի օր Ճռիկը մի արծաթ շահանոց գտավ ու ճռի՜կ ճռի՜կ, ճըռճըռաց:

— Օ՜յ, օ՜յ, օ՜յ, էս ի՜նչ բախտ է, էս ի՜նչ գանձ է, էս փողով ես ի՞նչ գնեմ: Կապուտակ ձի առնեմ, հեծնեմ թռչեմ: Չէ՜, չէ՜, ինչպե՞ս ջրեմ, ինչպե՞ս կերակրեմ: Գորգ առնեմ, տակս փռեմ: Չէ՜, չէ՜, ինչպե՞ս մաքրեմ, ինչպե՞ս թափ տամ: Չէ, լավն էն է՝ կարմիր ժապավեն առնեմ, — ասավ Ճռիկն ու ժապավեն առավ: Առավ, կապեց կարմիր ժապավենը, զուգվեց-զարդարվեց, նստեց տան շեմքին, իրեն ցույց տվեց:

2

Եկավ Եզիկը, տեսավ ճռիկին,
— Բարև, քեզ, ճռիկ,
Նազելի աղջիկ,
Եկ ընկերանանք,
Ընկերներ դառնանք:
Ես Եզիկն եմ, հեզիկն եմ,
Պեծիկ, մեծիկ մազիկն եմ:
Ճռիկն ասավ.
— Ես էլ Ճռիկն եմ...
Միրուն աղջիկ եմ,

Վարդի փնջիկ եմ
Ոսկեզօծ մազիկ,
Կարապի վզիկ,
Մի բուռ կրակ եմ,
Մութ տան ճրագ եմ,
Իմ սիրտն է խոսում,
Ես երգ եմ ասում:
Մի վրաս նայի՝
Գտա մի շահի,
Ժապավեն առա
Ու պեծիկ դառա:
Նա է ընկերս, ով երգել գիտե:
Եզիկը երգեց բառաչելով.
— Մո՛ւ, մո՛ւ, մո՛ւ...
Ես Եզիկն եմ, հեզիկն եմ,
Պեծիկ-մեծիկ մազիկն եմ:
— Է, լա՛վ, լա՛վ:
Եզիկ, հեզիկ,
Պեծիկ-մեծիկ,
Գնա՛, մի բան չէ՛ս,
Հերի՛ք բառաչես:

3

Եզիկը գնաց, Իշուկը եկավ:
Եկավ ու ասավ.
— Բարև քեզ, Ճոիկ,
Նազելի աղջիկ,
Եկ ընկերանանք,
Ընկերներ դառնանք:
Ես Իշուկն եմ,
Չոշ-չոշուկն եմ,
Ձենս քնքուշ, երգս անուշ:
Ճոիկն ասավ.
— Ես էլ Ճոիկն եմ,
Սիրուն աղջիկ եմ,
Վարդի փնջիկ եմ,
Ոսկեզօծ մազիկ,
Կարապի վզիկ,
Մի բուռ կրակ եմ,

Մութ տան ճրագ եմ,
Իմ սիրտն է խոսում,
Ես երգ եմ ասում:
Մի վրաս նայի,
Գտա մի շահի,
Ժապավեն առա
Ու պեծիկ դառա,
Նա է ընկերս, ով երգել գիտե:
Իշուկը երգեց խռանչելով.
— Ես Իշուկն եմ,
Չոշ-չոշուկն եմ,
Ձենս քնքուշ,
Երգս անուշ...
— Է, լա՛վ, լա՛վ, Իշուկ,
Ձենդ պահի քեզ,
Դու էլ մի բան չես,
Հերիք խռանչես:

4

Իշուկը գնաց, Փիսիկը եկավ.
Եկավ ու ասավ.
— Բարև քեզ, Ճռի՛կ,
Նազելի աղջիկ,
Եկ ընկերանանք,
Ընկերներ դառնանք:
Ես մլավան Փիսիկն եմ,
Խուճուճ-մուճուճ մազիկն եմ,
Աղաների մուշտակն եմ,
Խանումների չուստակն եմ:
Ճռիկն ասավ.
— Ես էլ Ճռիկն եմ,
Սիրուն աղջիկ եմ,
Վարդի փնջիկ եմ,
Ոսկեզօծ մազիկ,
Կարապի վզիկ,
Մի բուռ կրակ եմ,
Մութ տան ճրագ եմ:
Իմ սիրտն է խոսում,
Ես երգ եմ ասում:

Մի վրաս նայի,
Գտա մի շահի,
Ժապավեն առա
Ու պեծիկ դառա:
Նա է ընկերս՝ ով երգել գիտե:
Փիսիկը երգեց մլավելով.
— Ես մոմռան Փիսիկն եմ,
Խուճուճ-մուճուճ մազիկն եմ...
— Է՜ լա՜վ, լա՜վ, Փիսիկ,
Դու լավը՝ լավն ես,
Բայց լավ կանես,
Որ չմլավես:

5

Փիսիկը գնաց, Մկնիկը եկավ:
Մկնիկը եկավ, բեղերը սրած
Ու վերն ծռած,
Մուշտակը հագին,
Ոլորած ագին,
Աչք է ման ածում,
Պոռշը կծում:
Եկավ ու տեսավ.
— Բարև՜, պայծառիկ,
Ճըռճըռան Ճռիկ,
Աղու - աղունակ,
Ծիտ ու ծիծեռնակ,
Նազանի աղջիկ,
Ալ վարդի փնջիկ,
Եկ ընկերանանք,
Ընկերներ դառնանք:
Ես Մկնիկն եմ, Մկնիկն եմ,
Դաշտի ոսկի ձկնիկն եմ:
Ճռիկն ասավ.
— Ես էլ Ճռիկն եմ,
Սիրուն աղջիկ եմ,
Վարդի փնջիկ եմ,
Ոսկեզօծ մազիկ,
Կարապի վզիկ,
Մի բուռ կրակ եմ,

Մութ տան ճրագ եմ,
Իմ սիրտն է խոսում,
Ես երգ եմ ասում:
Մի վրաս նայի,
Գտա մի շահի,
Ժապավեն առա
Ու պեծիկ դառա:
Նա է ընկերս, ով երգել գիտե:
Մկնիկը երգեց ծըվծըվալով.
— Ես Մկնիկն եմ, Մկնիկն եմ,
Դաշտի չեկլիկ ձկնիկն եմ...
— Է, լա՜վ, լա՜վ, Մկնիկ,
Դու լավ ես երգում,
Ձենդ լսեցի,
Քեզ շատ սիրեցի:
Եկ ընկերանանք,
Ընկերներ դառնանք:

6

Ճռիկի բախտը չբերեց. ճիշտ է, Մկնիկը լավ էր երգում, բայց տանը չէր մնում, որ երգեր, Ճռիկը լսեր:

Շարունակ դուրսն էր, ինչ որ գտնում էր մենակ էր՝ ուտում: Մի անգամ Մկնիկը տուն եկավ, տեսավ, որ Ճռիկի ընկերուհիները հյուր են եկել: Շատ քաղցած էր, դեսուդեն ընկավ, որ մի բան ճանկի. բարձրացավ կճուճի վրա ու ընկավ տաք սպասի մեջ: Ընկավ ու մեռավ: Ճռիկը քիչ մնաց խելագարվի: Նստեց ու լաց եղավ ընկերոջ համար.

— Ի՞նչ եմ անում ոսկի մազիկ,
Ոսկի մազիկ, երկար վզիկ:
Թող ես շաղվեմ հում կաթի պես,
Սիրտս սև է սև սաթի պես,
Դարդս ծով է, ճռիկ-ճռիկ:
Ա՜խ, Մուկիկ ջան, վաղամեռիկ,
Ձենդ անուշ, մազդ խուճուճ,
Անտեր մնա էս խոր կճուճ,
Որ քեզ չաներ ճստիկվստիկ,
Ա՜յ իմ ընկեր, պստիկ-մստիկ:

Ու մինչև այսօր ճռիկը ճռռալով լալիս է իր ընկեր Մուկիկի մահը:

ԾԻՏԸ

Ծառի տակին պտեղ անելիս Ծտի ոտը փուշ մտավ: Նա լաց լինելով եկավ, պառավին. ասաց.

— Նանի՜ ջան, նանի՜, ոտս փուշ է մտել, եկ փուշը հանի: Գնամ կոլ անեմ, կոմբոլ անեմ, գլուխս պահեմ, մորս մինուճարն եմ:

Պառավը խղճաց Ծտին, փուշը ոտից հանեց, ճամփու դրրեց:

Ծիտը գնաց կոլ արավ, կոմբոլ արավ, նորից եկավ պառավի մոտ, ճտվտալով ասաց.

— Փշիկս տո՛ւր, փշիկս:

— Փշիկդ գցեցի, թոնիր վառեցի...

— Կամ փշիկ, կամ լոշիկս,— ասաց Ծիտը:

Պառավը մի լոշ հաց բերեց տվեց Ծտին: Ծիտը լոշը վերցընելով գնաց:

Մի տեղ Ծիտը տեսավ, որ հովիվը ծառի տակ նստած կաթ է խմում՝ առանց հացի:

— Ծի՛վ, ծի՛վ, ծի՛վ, ա՛յ հովիվ, ինչո՞ւ կաթդ անհաց ես ուտում, առ այս հացը բրդիր կաթի մեջ և կեր: Ես գնամ կոլ անեմ, կոմբոլ անեմ, գլուխս պահեմ, — ասաց Ծիտն ու թը՛ռ, թռավ:

Մի քիչ անց՝ Ծիտը նորից եկավ հովվի մոտ ծտվտալով ծի՛վ, ծի՛վ, ծի՛վ, ասաց հովվին.

— Լոշիկս տո՛ւր, լոշիկս:

— Լոշիկդ կերա:

— Կամ լոշիկս, կամ գառնիկս:

Հովիվն իր հոտից մի գառ տվեց Ծտին: Ծիտը վերցրեց գառը և թռավ: Թռավ իջավ մի տան կտրան: Տանտերը իր որդու հարսանիքն էր անում, բայց աղքատ էր. դրա համարէլ հարսանիքին մսացու չուներ: Ծիտը խղճաց և ծլվլոցով ասաց...

— Առ այս գառը, ա՛յ մարդ, հարսանիքիդ մսացու արա. դա էլ ծտիս նվերը՝ հարսիկին: Ես գնամ կոլ անեմ կոմբոլ անեմ, գլուխս պահեմ: Ասաց ու ինքը թը՛ռ, թռավ, գնաց, գառը մսացու մնաց:

Հարսանիքի երկրորդ օրը Ծիտը եկավ տանտիրոջ դուռը կտրեց: Ծի՛վ, ծի՛վ, ծի՛վ:

— Գառնիկս տո՛ւր, գառնիկս:

— Մորթեցինք, կերանք:

— Կամ գառնիկս, կամ հարսիկս...

Տանտիրոջ ճարը որ կտրվեց, վերցրեց հարսին տվեց Ծտին: Ծիտն էլ առավ նորահարսին իր թևերի վրա և թռավ:

Շատ թռավ, քիչ թռավ, շատն ու քիչը ո՞վ գիտե, վերջն իջավ մի աշուղի մոտ՝ սազն ածելիս: Ծի՛վ, ծի՛վ, ծի՛վ...

— Աշուղ ախպեր, առ հարսիկս քեզ: Ես գնամ կոլ անեմ, կոմբոլ անեմ, գլուխս պահեմ:

Երկրորդ օրը Ծիտը եկավ աշուղի մոտ և ծլվլալով ասաց.

— Ծի՛վ, ծի՛վ, ծի՛վ, հարսիկս տո՛ւր, հարսիկս, հարսիկըս տո՛ւր, հարսիկս...

— Տերն եկավ հարսիկին տարավ:

— Կամ հարսիկս, կամ սազիկս, կամ հարսիկս, կամ սազիկս...

Աշուղը սազը տվեց Ծտին: Ծիտն առավ սազը, կախեց իր վզից և այն օրից մինչև հիմա անվերջ սազն ածելով երգում է.

Փշիկը տվի՝ լոշիկ առա,
Լոշիկը տվի՝ գառնիկը առա,
Գառնիկը տվի՝ հարսիկը առա,
Հարսիկը տվի՝ սազիկը առա,
Ծիվ, ծիվ, սազիկը առա
Ու աշուղ դառա:

ՈՒԽՏԱՎՈՐ ԱԳՌԱՎՆ ՈՒ ԱՔԼՈՐԸ

Օրերից մի օր Ագռավն ու Աքլորը խոսքը մեկ արին, որ ուխտ գնան: Նրանք իրենց խոսքի տերն էին, ինչպես ասին, էնպես էլ արին. վեր կացան, ճամփա ընկան ու գնացին: Շատ գնացին, քիչ գնացին, շատ ու քիչը ո՞վ գիտե, ես էլ հետները չէի, որ իմանայի, գնացին, գնացին, մին էլ, ըհը՛, Աղվեսը:

— Էս ի՞նչ բան է, — ասում է Աղվեսը, — դաշտում՝ Աքլո՞ր, հետն էլ Ագռա՞վ: Էս երա՞զ է, թե աչքիս է երևում: Բայց ինչպե՞ս անեմ, որ բռնեմ:

Գլուխը կախեց, տխուր-տրտում գնում էր ու բարձր-բարձր խոսում, էնպես որ՝ ուխտավորները լսեցին:

— Ա՛խ, մեկի աչքը դուրս գա լավ է, քան թե անունը: Մեր աղվեսների անունը վատ է դուրս եկել: Ես էքան բարի աղվես լինեմ, կյանքիս մեջ ծիտն ի՛նչ է՝ ծտի էլ ձեռք տված չլինեմ ու էսպես վատ անուն ունենա՞մ: Շատ էլ՝ շատ աղվեսներ անպիտան են եղել, ինձ ի՞նչ, ես ի՞նչ մեղավոր եմ: Բա մեղքը չէ՞մ, որ ինձ էքան հալածում են, ոչ ոք չի ուզում ինձ ընկեր դառնալ. մի տես էն ջուխտը ինչպես անուշ-անուշ իրար հետ զրուցում են, երնեկ թե իմանայի՝ ուր են գնում, ընկեր դառնայինք, ջան ասեինք, ջան լսեինք: Ընկեր էլ չդառնայի, էդ բախտը ինձ՝ մեղավորիս ո՞վ է տվել, նրանց ծառան լինեի, ջուր ուզեին՝ ջուր բերեի, կուտ ուզեին՝ կուտ բերեի, հիվանդանային՝ պահեի, պահպանեի, գիշերները անուշ քունս կտրեի, պահապան կանգնեի, մի իմանային, որ աշխարհումս աղվես էլ կա, աղվես էլ:

Էսպես էր ասում ու ոտը կախ գցած, աչքի տակով նայելով՝ կամաց—կամաց գնում էր:

— Էս ի՛նչ բարի Աղվես է,(ասում է Ագռավը:

— Էս ի՛նչ բարի Աղվես է, եկ կանչենք,— ասում է Աքլորը:

— Պարոն Աղվես, պարոն Աղվես, կաց, կաց, գանք հաս նենք:

— Է՛, թե որ չեք վախենում, համեցեք:

Որ եկան հասան, Աղվեսը հարցրեց.

— Ո՞ւր եք գնում էդպես ջուխտ:

— Տա մուրազդ, հեռու ուխտ:

— Էս ի՞նչ բան է, ախր ես էլ եմ գնում, էս ինչ լավ պատահեցինք:

Պարոն Աղվեսը բաց արավ իր անուշ, մեղուշ լեզուն ու սկսեց դեսից դենից խոսել: Գովեց Ագռավին, գովեց Աքլորին ու հետն էլ մտածում էր, ինչպես անի, որ երկուսին էլ միանգամից բռնի. թե մոտենա Ագռավին բռնի, Աքլորը կփախչի, թե Աքլորին բռնի, Ագռավը կթռչի: Էսպես խոսք մեջ գցելով, սրան, նրան գովելով, բերեց իր բնի բերանին կանգնեցրեց ու էսպես սկսեց.

— Ագռավ ազի, անհաղթ Աքլոր, խոսք չկա, որ մենք ազիզ եղբայրներ ենք, ես էլ եմ անկեղծ, դու էլ եք անկեղծ: Ինձանից թեև ձեզ խրատ չի հասնի, բայց էլի, ասում է՝ «Մի խելքը լավ է, բայց երկու խելքը լավ է ու լավ»: Ես քանի որ ձեր եղբայրն եմ, չեմ ուզում ձեզ մի փորձանք պատահի: Ա՛յ ասեմ, որ որսորդը բազեներով որսի գա, ձեզ երկուսիդ էլ կբռնի, ես կփախչեմ, կազատվեմ. թե որ որսորդը շուն ունենա հետը, դո՛ւք կազատվեք, ես կբռնվեմ: Ա՛յ ձեզ մի լավ բան ասեմ, եկեք գետնի տակով գնանք, ա՛յ ճամփա, — ցույց տվեց իր բունը: — Այնտեղ ոչ բազե կա, ոչ շուն:

— Լավ ես ասում, պարոն Աղվես, — ասում է Ագռավը:

— Լավ ես ասում, պարոն Աղվես, — ասում է Աքլորը:

Աղվեսն էդ ուխտավորներին տարավ իր բունը:

— Էս ի՛նչ մութն է, ճամփեն չեմ տեսնում, պարոն Աղվես:

— Ջիվան Աքլոր, անհաղթ Աքլոր, եկ մեղքերդ խոստովանի, աչքերդ լույս կտան, ճամփեն կգտնես:

— Ես մեղք չունեմ:

— Ի՞նչ Աքլոր ես, որ մեղք չունես, էլ ինչո՞ւ ես ուխտ գնում. որ մեղքդ ասեմ, քեզ ուտե՞մ, մարսե՞մ:

— Լավ, բայց ես մեղք չունեմ:

— Դե լսիր: Կեսգիշերին, մեջ գիշերին որ վեր ես կենում ու խելքիցդ դուրս կանչում ես՝ ծուղրուղո՛ւ հա ծուղրուղո՛ւ, դու էլ գիտես՝ մի մեծ բանի վրա ես, քո ձենը քո ականջը բա չի՞ ընկնում: Չես թողնում, որ խեղճ ու կրակ բանվոր մարդիկ մի կուշտ քնեն. բա մեծ մեղք չի՞, դեռ լույսը չբացված, դեռ արևը չծագած, տո՛ բաց բերան, նրանց քնահարամ ես անում: Հլա դա գնա ու գա, բա որ ձմեռն էլ բուք-բորանի ես տալիս քարավաններին, սառեցնում թողնում. դա որ մահացու մեղք է: Դե, էն է էլի լույսը որ բացվի, մարդ կիմանա, որ լույս է, վեր կկենա, կգնա իր գործին, էլ քո ծուղրուղուն ինչի՞ս է հարկավոր, — ասաց ու գլուխը մարմնից կիսեց:

— Հիմի դու արի, իմաստուն Ագռավ, արի ու մեղքերդ խոստովանի:

— Ես, ես, պարոն Աղվես, — կռռաց Ագռավը,— Աքլորի պես հո մեղք չունեմ. իրիկունը շուտ եմ քնում, կեսգիշերին, մեջ չեմ կանչում, բանվորների քունը չեմ կտրում, քարավան չեմ սառեցնում, բուք-բորանի բերան չեմ տալիս:

— Ի՛նչ, տո՛ չարագուշակ, սևասիրտ, սևաշոր Ագռավ, որ մեղքդ ասեմ, քեզ ուտե՞մ մարսե՞մ:

— Լավ:

— Լավ օրի մնաս, Աքլորի մոտ գնաս: Դեհ լսիր, ասեմ. ամառը լծած եզան վզին որ վերք է բացվում, տերը բաց է թողնում եզանը, մի երկու շաբաթ արածի, վերքը սազացնի: Բայց դու, անխիղճ Ագռավ, ամառվա էն շոգին, վեր ես գալիս անլեզու, անբերան, վիրավոր անասունի վերքին, հա՛ պտխորում ես, հա՛ վերքը կտցում, հա՛ խորացնում: Խեղճը պոչով է անում, վեր չես գալիս, գլխով է անում՝ վեր չես գալիս, վերքը խորացնում ես, հա՛ խորացնում. վերքն էլ որդնոտում, խեղճ եզանը տալիս սպանում է: Տեսա՞ր ինչ ծանր մեղքի տեր ես, — էսպես ասավ ու Ագռավին էլ Աքլորի օրին գցեց ու սկսեց թռչկոտել, հետո էլ երգել.

— Ագռավիկ սևամազիկ,
Աքլորիկ երկար վզիկ,
Բարակ ճամփով եկաք ջուխտ,
Բողազավանք եկաք ուխտ:
Ա՛խ, ի՛նչ էիք, ի՛նչ չէիք,
Մի ջուխտ էիք, քիչ էիք.
Ջուխտիդ մեղքը իմ վզին,
Հասաք դուք ձեր մուրազին:
Դեհ թռե՛ք, թռե՛ք, թռցնեմ,
Բողազավանք հասցնեմ:

ՊՈՒՃՈՒՐ ՄԿՆԻԿԸ

Պուճուր մկնիկն ասում է Մեծ մկանը՝ խմորը ես անեմ. մեծն ասում է՝ ո՛չ, ես անեմ: Վերջապես Պուճուր մկնիկը զոռում է, խմորն ինքն է անում, բայց ձեռները կոտրատվում՝ մնում են խմորում: Այդ դժբախտությունը տեսնելով՝ Մեծ մուկը սրտապատառ դուրս է վազում, ձեռները խաչում և սկսում է լաց լինել:

Մի Ծիտ, լսելով Մկան լացը, ուզեց իմանալ, թե ինչու է լալիս:

— Ա՛յ Մուկ,— հարցրեց Ծիտը, — ինչո՞ւ ես ձեռներդ խաչել և աղիողորմ լաց լինում:

— Բա չե՞ս ասիլ, ա՛յ Ծիտիկ, — պատասխանում է Մուկը,

— Պուճուր մուկիկը խմորն անելիս ձեռները կոտրեց:

Ծիտը շատ ցավեց, շատ ափսոսեց և սաստիկ ցավից նրա մի աչքը խփվեց, կուրացավ:

Ծտին պատահեց մի Արտուտիկ և հարցրեց.

— Ծիտիկ, աչքդ ինչո՞ւ է փակվել:

— Բա չե՞ս ասիլ, Արտուտիկ, Պուճուր մուկիկ, Մեծ մուկիկ, Պուճուր մուկիկի ձեռները խմորումն են մնացել…Աչքախուփիկ Ծիտիկն եմ:

Արտուտիկի թևերն իսկույն կոտրվեցին: Նա տխուր-տրտում մի թփի տակ ընկած Պուճուր մուկիկի մահն էր սգում:

— Ինչո՞ւ ես լալիս, Արտուտիկ, — հարցրեց նրան Ագռավը:

— Բա չե՞ս ասիլ, Ագռա՛վ ազի, Պուճուր մուկիկ, Մեծ մուկիկ, Պուճուր մուկիկի ձեռները մնացել են խմորում: Աչքխփուկ Ծիտիկն եմ, թևիկ-մնիկ Արտուտն եմ:

Ագռավը հենց որ լսեց Պուճուր մկան դժբախտությանը, իր փետուրները թափեց և տխուր-տրտում մի ծառի վրա նստեց, դա՛-դո՛ւ անելով Պուճուր մկնիկի մահը սգաց:

— Ասա ինձ, Ագռա՛վ — հարցրեց Ծառը, — պատճառն ի՞նչ է, որ դու փետուրներդ թափել ես և այդպես ցավալի կռավում ես:

— Բա չե՞ս ասիլ Ծառիկ, Պուճուր մուկիկ, Մեծ մուկիկ, Պուճուր մուկիկի ձեռները մնացել են խմորում, աչքախփուկ Ծիտիկն եմ, թևիկ-մնիկ Արտուտն եմ, բմբլափետիկ Ագռավն եմ:

Ծառը հենց որ լսեց Պուճուր մկան դժբախտությունը, իսկույն ճղակոտոր եղավ: Նրա ճյուղերը թափվեցին այն քարի վրա, որն ընկած էր ծառի տակ:

— Ա՛յ Ծառ, քեզ ի՞նչ պատահեց, որ հանկարծ ճղակոտոր եղար, — հարցրեց Քարը:

— Բա չե՞ս ասիլ, — պատասխանեց Ծառը, — Պուճուր մուկիկ, Մեծ մուկիկ, Պուճուր մուկիկի ձեռները մնացել են խմորում: Աչքախփուկ

Ծիտիկն եմ, թևիկ-մևիկ Արտուտն եմ, բմբլափետիկ Ագռավն եմ, ճղակոտոր Ծառիկն եմ:

Քարն իր տեղից թող եղավ, գնաց ընկավ Ծովը: Ծովը ուզեց իմանալ Քարի տեղից շարժվելու պատճառը:

— Ինչո՞ւ թող եղար քո տեղից, ա՜յ Քար:

— Բա չե՞ս ասիլ, — պատասխանեց Քարը, — ես որ թող չլինեմ, ո՞վ լինի: Պուճուր մուկիկ, Մեծ մուկիկ, Պուճուր մուկիկի ձեռները մնացել են խմորում: Աչքախուփիկ Ծիտիկն եմ, թևիկ-մևիկ Արտուտն եմ, բմբլափետիկ Ագռավն եմ, ճղակոտոր Ծառիկն եմ, թոլիկ-մոլիկ Քարիկն եմ: Ծովը ցավից իսկույն արյուն կտրավ: Մի աղջիկ կուտը գլխին դրած աղբը բերեց Ծովը թափելու: Տեսնելով, որ Ծովն արյուն է դառել, խղճահարվեց, ուզեց պատճառն իմանալ:

— Ա՜յ Ծով, քեզ ի՞նչ պատահեց, որ արյուն կտրար:

— Բա չե՞ս ասիլ, սիրուն աղջիկ, Պուճուր մուկիկ, Մեծ մուկիկ, Պուճուր մուկիկի ձեռները մնացել են խմորում: Աչքախփուկ Ծիտիկն եմ, թևիկ-մևիկ Արտուտն եմ, բմբլափետիկ Ագռավն եմ, ճղակոտոր Ծառիկն եմ, թոլիկ-մոլիկ Քարիկն եմ, արնակոլոլ Ծովիկն եմ:

Լսելով Պուճուր մուկիկին հասած դժբախտությունը, աղջիկը սաստիկ ցավ զգաց, այնպես որ աղբով կուտը կպավ նրա գլխին: Նա լացուկոծով, կուտը գլխին, վերադարձավ տուն:

Տատը, որ ջահրա էր մանում, հարցրեց.

— Ա՜յ աղջի, ինչո՞ւ ես լալիս, ինչպե՞ս պատահեց որ աղբի կուտը գլխիդ կպավ, մնաց:

— Բա չե՞ս ասիլ, տատի, — սկսեց աղջիկը, — ինչ մեծ դժբախտություն է պատահել: Պուճուր մուկիկ, Մեծ մուկիկ, Պուճուր մուկիկի ձեռները մնացել են խմորում: Աչքախփուկ Ծիտիկն եմ, թևիկ-մևիկ Արտուտն եմ, բմբլափետիկ Ագռավն եմ, ճղակոտոր Ծառիկն եմ, թոլիկ-մոլիկ Քարիկն եմ, արնակոլոլ Ծովիկն եմ, կուտը գլխիս աղջիկն եմ:

Ջահրեն կպավ պառավի կողից: Պառավը լաց լինելով գնաց տերտերի մոտ:

— Բա չե՞ս ասիլ, տեր հա՜յր, — լաց լինելով պատմեց պառավը, — էսպես մի մեծ փորձանք: Պուճուր մուկիկ, Մեծ մուկիկ, Պուճուր մուկիկը ձեռները թողել է խմորում: Աչքախփուկ Ծիտիկն եմ, թևիկ-մևիկ Արտուտն եմ, բմբլափետիկ Ագռավն եմ, ճղակոտոր Ծառիկն եմ, արնակոլոլ Ծովիկն եմ, կուտը գլխիս աղջիկն եմ, ջահրեն կողքիս պառավիկն եմ:

Տերտերը մեջքը տված դռան՝ լսում էր պառավին և հանկարծ զգաց, որ դուռն էլ իր մեջքին է կպել և պոկ չի գալիս:

Գյուղացիները հավաքվեցին տո՜ւր, հա տո՜ւր տերտերին, որ դուռը մեջքից պոկվի: Այդպես էլ լինում է: Դուռը տերտերի մեջքից է պոկվում, ջահրեն պառավի կողից, կուտն աղջկա գլխից, Ծովը նորից պարզվում, ջուր է դառնում, Քարը գլորվում է իր նախկին տեղը, Ծառի ճյուղերը նորից բուսնում են: Ագռավին նոր-նոր փետուրներ են գալիս, Արտուտը թևերի տեր է դառնում, Ծտի աչքը բացվում է, Պուճուր մկնիկն էլ իր ձեռները ետ է ստանում:

ՓՇԿՈ ՆՌՆՈՆ

Մի տղա իր հորից ժառանգություն ստացավ մի կատու: Կատուն դրեց թևի տակն ու գնաց:

Գնաց մտավ մի էնպիսի գյուղ, որ իսկի կատու տեսած չէին: Գնաց ու մի տուն հյուր եղավ:

Տանեցիք, որ կատվին տեսան, սաստիկ վախեցան, ամեն մեկը մի փայտ քաշեց ու կանգնեց, բան է՝ թե կատուն իրենց վրա հարձակվի, պաշտպանվեն:

— Ա՜յ մարդիկ, — ասավ կատվատերը, — չտե՞ս եք, ի՜նչ է, սա հո մարդակեր չէ, որ փայտերը քաշել կանգնել եք, սա ձեզ վնաս չի տա, սա մկների թշնամին է:

Կատուն չեղած տեղը մուկ շատ կլինի: Մկները որ իրենց բներից դուրս եկան, տերը կատվին բաց թողեց: Ծըզծըվոցն ընկավ մկների մեջ:

Լուրը հասավ գյուղամեջ թե՝ հա՜յ, հա՜րայ, եկեք, չտեսած բանը տեսեք:

Գյուղացիք հավաքվեցին էդ տղի գլխին:

— Գազանի անունն ի՞նչ է, — ասին:

— Փշկո-Նռնո է, — պատասխանեց տերը:

— Ինչ էլ որ լինի, մեր անձի շապիկներն էլ կծախենք ու Փշկո-Նռնոն կառնենք, — ասին գյուղացիք ու երկու հարյուր ոսկի տվին կատուն առան:

Կատվին փոխնեփոխ օրական մի տուն հյուր էին տանում:

Էլ ի՜նչ պատիվ, էլ ի՜նչ գառ ու ոչխար մորթել, ի՜նչ սեր ու սերուցք ուտեցնել, կատվի պատիվն եղել էր շահի պատիվը:

Մի օր էլ մի աղքատ պառավ կատվին տուն տարավ: Պառավի ունեցած չունեցածը մի աքլոր էր: Նա մորթեց իր աքլորը, կարմրցրեց, միայն մի պատառ տվեց իր հիվանդ թոռիձեռքը, կուժը դրեց ուսին ու գնաց ջրի: Կատուն մի քանի անգամ ման եկավ երեխի շուրջը, ձեռքերը ճանկռոտեց, արյունի մեջ կորցրեց, մսի կտորը խլեց, փախցրեց: Երեխան դժվժոցը դրեց, արյունլվա ձեռները քսեց երեսին, քիթ ու մռութն արյունոտեց:

Երբ պառավը ջրից ետ եկավ, տեսավ որ երեխեն արյունի մեջ կորած՝ գետնի վրա թավալ է տալիս, ոտները գետնին է խփում ու դժվժում: Կատուն էլ ուռած, փքված պոչը մանգաղ է արել, մլավում է, մըռմըռում ու երեխի չորս կողմը ման է գալիս:

Պառավը կուժն ուսից տվեց գետին ու լեղապատառ իրեն գցեց գյուղամեջ, հավար տվեց.

— Օգնեցե՛ք, Փշկո-Նոնոն կատաղել է, մարդ է ուտում:

Գյուղացիք, որը թրով, որը թվանքով, որը բրով, որը սրով, վազեցին պառավի կտուրը: Քար ու գնդակ էր, որ թափեցին երդիկից: Հետո երդիկ ու դուռ ծածկեցին, գնացին, որչլինի թե կատուն դուրս գա գյուղը քանդի:

Մի ժամանակ որ էդպես մնաց, եկան դուռը բաց արին, տեսան, որ Փշկո-Նոնոն մտել է թոնիրը:

Է՛, ո՞վ բռնի Փշկո-Նոնոյին, ո՞վ չբռնի. ասին՝ որ տանուտերը բռնի:

Տանուտերն իր վերարկուն փռեց թոնրի վրա, կռացավ, ձեռքը տարավ ու կատվին բռնեց: Բռնեց ու ձեն տվեց.

— Ձիս բերե՛ք, ձիս բերե՛ք: Դուք էլ՝ տունը մի մարդ, ձի հեծեք:

Տանուտերը հեծավ իր ձին, կատվին դրեց գոգը ու ձին քշեց: Ձիավորներն ընկան նրա հետևից, գնացին, Սև ջրի կամուրջի վրա կանգ առան: Տանուտերը շպրտեց կատվին դեպի ջուրը: Կատուն ճանկերը գցեց ու կախ ընկավ ձիու թամքից: Ձին ֆոֆռաց, թռչկոտեց, հետի ոտքերի վրա ծառս ելավ, ետ գնալով հո՛փ, ընկավ գետը: Ձիավորները երբ տեսան, որ տանուտերը մնաց ջրի մեջ, և Փշկո-Նոնոն գետից դուրս եկավ ձիու թամքին նստած, փախան: Ձենը ընկավ գեղեգեղ.

— Փախե՛ք, հա գիտի՝ փախե՛ք, վայ գիտի՝ փախե՛ք, Փշկո-Նոնոն առաջ ոտավոր էր, հիմի ձիավոր է դառել, փախե՛ք, որ պրծնեք, եկավ հա՛, եկավ:

Որտեղ լուրը հասավ, էնտեղ փախեփախն ը՛նկավ: Փշկո-Նոնոն յո՛թը գյուղ ավերեց: Տակի ձին շատ վազելուց ընկավ, տրաքեց: Ինքը ելավ ծառի գլուխը, նստեց էնտեղ: Խաբարը գնաց թե՝ ի՛նչ եք անում, Փշկո-Նոնոն ելել է ծառի գլուխը, դիտակը դրել է աչքին, ինչքան աչքը կտրի, էնքան տեղ պետք է ավերի: Դեհ փախեք, որ պրծնեք:

Ամբողջ գավառում մարդ չմնաց, որ չփախչեր:

Այսպես Փշկո-Նոնոն մի ամբողջ գավառ ավերեց:

ԿՌՈՒՆԿՆ ՈՒ ԱՂՎԵՍԸ

1

Աղվեսն ու Կռունկը ընկերացան: Կռունկը բույն շինեց, ձու ածեց, թուխս նստեց, ձագ հանեց: Աղվեսն էլ ձագեր ունեցավ, մայր դարձավ: Մի օր Կռունկը դուրս գնաց ձագերի համար կերակուր բերելու, տնպահ Աղվեսը բռնեց Կռունկի ձագերից մեկին, կոլորեց, վիզը ոլորեց, անուշ արավ: Տուն եկավ Կռունկը և ի՞նչ տեսնի... Աղվեսը լալիս է, իրեն քրքրում ու ասում.

— Կռունկ քուրիկ, էսպես էլ անբախտությո՜ւն...

— Ի՞նչ անբախտություն, ի՞նչ է պատահել, Աղվես քուրիկ:

— Բա չես ասի, մեր բալիկը չկա ու չկա: Էնքա՜ն ման եկա, էնքա՜ն ման եկա, չկա ու չկա:

— Ո՞ր Բալիկը:

— Մեր բալիկը:

— Մեր ո՞ր բալիկը:

— Նա՜, նա՜,

Աչքս կուրանա.
Փափկամազիկ,
Երկար վզիկ,
Երկար ոտիկ,
Երկար տոտիկ,
Բոյը բարձրիկ,
Ձենը քաղցրիկ...

Գովում էր Աղվեսը, իրան քրքրում, մին խփում, հազար թափում:

— Աղվես քուրիկ, — ասում է Կռունկը, —

Դու ձագի տեր ես,
Դու սիրող մեր ես,
Արցունք մի՜ թափի,
Արցունք մի՜ չափի,
Դա էլ չար բախտից,
Դա էլ մեր բախտից:

— Հա, հա,— հեկեկում էր Աղվեսը,— հա, Կռո՜ւնկ քույրիկ, հա՜, լացը չի օգնի, անցածն անցած է:

2

Երկրորդ օրը Կռունկն էլի գնում է կերակուր բերելու:

Տնպահ Աղվեսը հիմի բռնում է Կռունկի մյուս ձագին կուլ տալիս, վիզը ոլորում ու անուշ անում, տեղը բան չի թողնում:

Տուն է գալիս Կռունկը և ի՞նչ տեսնում... Աղվեսը երեկվանից ավելի դառը լալիս է, մի խփում հազար թափում, իրան քրքրում ու լալով ասում.

— Ա՛խ, Կռո՜ւնկ քուրիկ,
Քուրիկ ու մերիկ,
Իմ աչքը դուրս գա,
Աշխարհը փուլ գա,
Փափկամազիկ,
Երկար վզիկ,
Երկար ոտիկ,
Երկար տոտիկ,
Բոյը բարձրիկ,
Ձենը քաղցրիկ,
Էն մի բալիկն էլ չկա:

Կռունկն էս անգամ հասկանում է, որ ձագերին ուտողը քուրիկ Աղվեսն է, բայց իրան չհասկացողի տեղ է դնում ու ասում.

— Աղվես քուրիկ,
Քուրիկ, մուրիկ,
Դու ձագի տեր ես,
Դու սիրող մեր ես,
Արցունք մի՜ թափի,
Կաթը կցամքի,
Դա էլ չար բախտից,
Դա էլ իմ բախտից...

— Դու ճիշտ ես ասում, ա՜յ Կռունկ քուրիկ, չար բախտի ձեռքից ո՞ւմ գնանք գանգատ, — հեկեկում էր Աղվեսը ու մտքում ծիծաղում Կռունկի վրա:

3

— Աղվես քուրիկ, — մի օր էլ ասում է Կռունկը,— էն է իմ ձագերը

կորան, տանողի աչքը դուրս գա, քո ձագերն էլ մեծացան, իրենք իրենց կապրեն: Արի գնանք քիչ ման գանք, սրտներս բացվի:

— Է՛, ո՞ւր գնանք, Կռունկ քուրիկ:

— Ա՜յ հենց կուզես երկինք թռչենք, տեսնենք վերևն ի՜նչ կա:

— Ի՜նչ ես ասում, քուրիկ,— ծիծաղեց Աղվեսը,— ինչպե՞ս կարող եմ քեզ հետ թռչել, ես թև չունեմ:

— Է՛, ի՞նչ անենք, որ չունես, ես հո ունեմ: Նստի՜ր ինձ վրա, միասին թռչենք:

Աղվեսն ինքն իրան մտածում է.

«Էս ինչ լավ եղավ. կգնամ երկինք, պատահած թռչունը կխեղդեմ, վեր կածեմ գետնին, ետ գալիս էլ քուրիկիս կբռնեմ՝ կուտեմ... Սրանից էլ լավ բա՞ն»:

Աղվեսը նստում է Կռունկի մեջքին:

Կռունկը թափահարում է թևերը, վեր բարձրանում, գնում է ու գնում, հասնում է երկինք ու հանկարծ շուռ է գալիս: Մեկ էլ Աղվեսը մեջքի վրա դըր՜խկ... ընկնում է գետին ու իրեն ջարդում:

— Աղվե՜ս քուրիկ,—ցած գալով ասում է Կռունկը,— էդ էլ քո՜ բախտից, էդ էլ քո՜ բախտից:

ՈՍԿԵ ԻԼԻԿԸ

Կար, չկար, մի կին կար: Էդ կինն ուներ երկու աղջիկ, մինը գեղեցիկ, բայց ծույլ, մյուսը տգեղ, բայց շատ աշխատասեր:

Մայրը գեղեցիկ աղջկան շատ էր սիրում:

Տգեղ աղջկան միշտ բուրդ էր մանել տալիս: Մի անգամ էլ ջրհորի գլխին կանգնած ժամանակ թելը կտրվեց, ու իլիկն ընկավ ջուրը:

Գլխին տալով եկավ մորը պատմեց, թե իլիկս ընկավ ջրհորը:

Մայրը թե.

— Ա՜յ աղջիկ, ոչ է՜ս, ոչ է՜ն, պետք է գնաս իլիկը բերես, եթե ոչ՝ ձեռքիցս պրծնողը չես:

Աղջիկը չէր իմանում ինչ անի. տխուր—տրտում եկավ ջրհորի մոտ, կռացավ նայեց վերևից, մին էլ գլխի վրա ընկավ ջրհորը:

Որ ուշքի եկավ, աչքերը բաց արավ, տեսավ մի սիրուն, գեղեցիկ մարգագետին: Արև-արեգակ, ճաճանչ, կանաչ, ծառ ու ծաղիկ, վարդ ու մեխակ, սուսան սմբուլ ու շահբլբուլ, մի խոսքով, ես քիչը կասեմ, դու շատը հասկացիր:

Աղջիկն ուրախացավ ու էդ մարգագետնով գնաց, գնաց, հասավ մի հացով լիքը թոնրի: Թոնրի միջից հացերը ձեն էին տալիս.

— Վառվեցի՛նք, էրվեցի՛նք, աղջի՛կ, հանի՛ր մեզ թոնրից, ազատի՛ր:

Աղջիկը կռացավ և հացերը թոնրի կողերից պոկեց, հանեց, փռեց, սառեցրեց, իրար վրա դարսեց ու գնաց: Գնա՛ց, գնա՛ց, հասավ մի խնձորի ծառի: Խնձորենին հիվանդի պես տնքում էր ու կանչում.

— Մեռա՛, մեռա՛, ծա՛նր է բեռս, շա՛տ են խնձորներս, ափսո՛ս են ճղներս. թա՛փ տուր, թափահարի՛ր, շաղ տուր, շաղահարիր ինձ:

Աղջիկը լսեց, խղճաց խնձորենուն, շաղահարեց ծառը, խնձորները մի տեղ հավաքեց ու գնաց:

Գնա՛ց, գնա՛ց, էս անգամ հասավ մի տան: Ներս մտավ, տեսավ մի ծեր կին հիվանդ պառկած է:

— Աղջի՛կս, դու բարո՛վ եկար, ի՛մ աչքի, ի՛մ գլխի վրա եկար, էս անորդի մերիկ եմ, տեր չունեմ, տիրական չունեմ, հիվանդ եմ. պահի՛ր, պահպանիր ինձ, մինչև լավանամ:

Աղջիկը մնաց հիվանդի մոտ, պահեց-պահպանեց նրան, հոգս տարավ, խնամեց, ջուր դրեց՝ լողացրեց, քրտնացրեց, ոտի հանեց:

Երբ պառավը լավացավ, ոտի կանգնեց, աղջիկն ասավ.

— Նանի՛, դե ինձ իրավունք տուր գնամ... գնամ իլիկս ման գամ, գտնեմ, գնամ տուն, գործս մնաց, մեր տանը կարոտել եմ:

— Լա՛վ, աղջիկս, լա՛վ ես անում, որ քո հորական տունը սիրում ես: Գնանք քո իլիկը գտնենք:

Ձեռք-ձեռքի տվին ու գնացին:

Գնացի՛ն, գնացի՛ն հասան մի փակ դռան: Պառավն ասավ.

— Բախտի դռնակ, բարև՛, բարև՛, բացվի, մաղի ոսկե անձր., էս աղջկան գեղեցկացրու և մազերը ոսկի դարձրու. ջանասեր է էս բալիկը, ոսկի դարձրու և իլիկը:

Էսպես որ ասավ, դուռը բացվեց: Նրանք երկուսով ներս մըտան դռնից:

Մին էլ անձրևը մաղեց, մաղ տվեց, շաղեց, շաղ տվեց ոսկին աղջկա գլխին, աղջիկն եղավ ոսկեմազիկ, գեղեցկացավ, խաս ու դումաշ շորեր հագավ, դարձավ կաքավ: Պառավը վերցրեց ոսկե իլիկը, տվեց աղջկան, համբուրեց նրան ու ասավ.

— Էս էլ ինձ պահելու վարձը, աշխատանքիդ գինը:

Պառավը էդպես ասավ-չասավ, մին էլ դուռը փակվեց, պառավն անհետացավ: Աղջիկը աչքը խփեց բացեց, ահա իրենց տունը: Շունը, կատուն դեմ վազեցին, աքաղաղը կանչեց.

— Ծուղրուղո՛ւ, հավ ու ճուտ,
Եկավ, կտա նա մեզ կուտ.
Օրոր, շորոր մի կաքավ,

Ոսկեմազիկը եկավ,
Վրան ոսկի է շարել,
Իլիկը ոսկի է արել,
Գիտեք ո՞վ է. ո՞վ նախշել,
Հիվանդ պառավն է բաշխեր:
Ծուղրուղո՛ւ, հավ ու ճուտ,
Եկավ, կտա ջուր ու կուտ:

Ոսկեմազիկը գնաց մոր ու քրոջ մոտ: Մայրն ու քույրը նրան սիրով ընդունեցին. ոսկի շատ էր բերել:

Ոսկեմազիկը պատմեց իր տեսածն ու լսածը:

Մայրն իր սիրելի աղջկան էլ ուղարկեց ջրհորի մոտ՝ բուրդ մանելու: Ծույլ աղջիկը մանեց, մանեց և իլիկը դիտմամբ գցեց ջրհորը ու ինքն էլ գլխի վրա ընկավ մեջը:

Որ ուշքի եկավ, էլի էն մարգագետնի վրա տեսավ իրան:

Մարգագետնով գնաց, գնաց հասավ էն թոնրին: Հացերը կանչում էին.

— Հանի՛ր մեզ կրակից, վառվեցի՛նք, էրվեցի՛նք:

Ծույլ աղջիկը թե՝

— Իմ շատ պետքս է, թե վառվեցիք, էրվեցիք, ո՞վ պետք է իրան կեղտոտի, ձեռները մոխրոտի:

Գնա՛ց, գնա՛ց, հասավ խնձորենուն:

Խնձորենին կանչում էր.

— Մեռա՛, բեռս ծա՛նր է. թա՛փ տուր, թափահարի՛ր, շաղ տուր, շաղահարի՛ր, խնձորներս հասել են:

— Հա՛, հենց ակաս—մակաս, էդ էր պակաս: Մեռնում ես՝ մեռի՛ր: Իմ ի՞նչ բանն է, թե մեռնում ես, գնում եմ ոսկեմազիկ դառնամ, ոսկի բերեմ:

Գնա՛ց, գնա՛ց, հասավ պառավի տանը և սկսեց պառավին ծառայել:

Առաջին օրը վաղ վեր կացավ, սենյակը հավաքեց, մաքրեց, հիվանդի կամքը կատարեց: Երկրորդ օրը սկսեց ծուլանալ: Երրորդ օրն՝ ավելի շատ: Չորրորդ օրն արդեն տեղից ժաժ չէր գալիս: Պառավը նրանից ձանձրացավ, հիվանդ-հիվանդ վեր կացավ, տնքտնքալով տարավ ծույլին էն բախտի դռան մոտ և ասավ.

— Բացվի՛ր դռնակ. դե ցնծա, էս աղջկան մի ընծա. ալարկոտ է, ծույլ է սա, սրան կուպր մի կաթսա, թող կպրոտի, սևանա ու կպրոտած տուն գնա: Երբ ծույլ աղջիկը տուն եկավ, աքաղաղը կանչեց.

— Ծուղրուղո՛ւ...
Էս ո՞ւր գնաց, ո՞ւր եկավ,
Էս կպրոտը զուր եկավ,
Սպիտակ գնաց, սև եկավ,

Սիրուն գնաց, դն եկավ,
Ելեք տեսեք ո՞վ եկավ:
Նա մեզ չի տա ջուր ու կուտ,
Ծուղրուղո՛ւ, հավ ու ճուտ:

Ու էսպես, ջանասեր աղջիկը ոսկեմազիկ, գեղեցիկ աղջիկ դարձավ, ծույլ աղջիկը մնաց կպրոտ և տգեղ: Քանի-քանի լողացրին, չիստակվեց, էն կպրոտն էր, կպրոտ էլ մնաց:

ՔՈՒՅՐՆ ՈՒ ԵՂԲԱՅՐԸ

Ժամանակով մի քույր ու եղբայր են լինում: Եղբայրը դուրսն է աշխատում, քույրը՝ տանը: Նրանք շատ սիրով քույր ու եղբայր են լինում:

Մի օր էս քույրն ու եղբայրը նստած են լինում տան շեմքին ու դեսից-դենից խոսում:

Եղբայրը ասում է թե.

— Քույրի՛կ, կուզե՞ս սպիտակ աղավնի դառնաս ու թռչես:

— Ա՛խ, — պատասխանում է քույրը, — այն էլ ինչպե՛ս կուզեմ:

— Թե որ այդպես սրտանց ուզում ես,— ասում է եղբայրը, — սպիտակ աղավնի դարձիր ու թռիր:

Հենց այդ խոսքի վրա, մին էլ տեսնում է, որ քույրը թևեր առավ, սպիտակ աղավնի դառավ ու թռավ: Եղբայրը գլխին է տալիս, ծնկներին է տալիս, լաց է լինում ու ասում.

— Լեզուս լովեր, ինչո՞ւ անիծեցի քրոջս, ա՛խ, ինչո՞ւ անիծեցի անուշիկ քրոջս: Ինչ էլ կուզի լինի, երկաթե տրեխ կհագնեմ, երկաթե գավազան կառնեմ ձեռքս, աշխարհե աշխարհ ման կգամ, կգտնեմ հարազատ, միակ քույրիկիս:

Ասում է եղբայրը, վեր է կենում, գնո՛ւմ, գնո՛ւմ, գնում. մտնում է մի անտառ: Անտառում լինում է մի դղյակ: Մոտենում է դղյակին ու դուռը խփում: Դուրս է գալիս մի պառավ կին ու հարցնում.

— Ի՞նչ ես ուզում, ա՛յ ջահել տղա:

— Նանի՛, նանի՛ , քրոջս եմ ման գալիս, նրան անիծեցի, դարձավ թագը գլխին մի սպիտակ աղավնի ու թռավ: Չգիտե՞ս նրա տեղը, չե՞ս տեսել:

— Սիրուն տղա, ես չգիտեմ քո աղավնի քրոջ տեղը. արի ներս, գուցե իմ որդին՝ Քամի թագավորը գիտենա քո քրոջ տեղը:

Եղբայրը ներս է մտնում, տեսնում է, որ Քամի թագավորը նստած է իր գահին:

Չոքում է թագավորի առաջ ու ասում.

— Ես քրոջս եմ ման գալիս. նրան անիծեցի, դարձավ թագը գլխին սպիտակ աղավնի ու թռավ: Ասա՛, չե՞ս տեսել իմ աղավնի քրոջը:

— Ո՛չ, կտրիճ տղա, չեմ տեսել սպիտակ աղավնի, թագը գլխին քրոջդ: Գնա Արև թագավորի մոտ, գուցե նա գիտենա աղավնի քրոջդ տեղը:

Տղան վեր է կենում, տխուր-տրտում գնում է, գնո՜ւմ, գնո՜ւմ հասնում է մի ուրիշ դղյակի: Ներս է մտնում, տեսնում է, որ Արև թագավորը նստած է գահին: Չոքում է գահի առաջ ու ասում.

— Թագավոր, ես իմ քրոջն եմ ման գալիս: Նրան անիծեցի, դարձավ թագը գլխին մի սպիտակ աղավնի ու թռավ: Չե՞ս տեսել իմ աղավնի քրոջը, ասա՛, որտե՞ղ է իմ անուշիկ քույրիկը:

— Ջա՜հել պատանի, ա՛յո, ես գիտեմ որտեղ է քո անուշիկ քույրիկը: Նա Ստվերների թագուհու մոտ գերի է:

— Արև արքա, ինչպե՞ս ազատեմ քրոջս:

— Ստվերների թագուհու դղյակը շինած է գետափին: Կերթաս, կերթաս, կհասնես մի մեծ, շատ մեծ գետի: Այդ գետի կամուրջը մարդու ոսկորներից է շինած: Դու որ կհասնես կամուրջին, մատդ դանակով կտրիր ու արյունը կաթեցնելով՝ անցիր կամուրջից: Դղյակը շատ սենյակներ ունի, մի սենյակում քնած է քո քույրը:

Պատանին վեր է կենում, համբուրում է Արև արքայի ոսկեհեր միրուքը, շնորհակալ է լինում, ճամփա ընկնում, գնում է, գնում հասնում Արև արքայի ասած կամուրջին: Հանում է դանակը մատը կտրում, արյունը կաթեցնելով անցնում կամուրջը, հասնում սև սաթե դղյակն ու ներս մտնում: Մտնում է առաջին սենյակը, տեսնում է մի աղավնի քնած: Մտնում է երկրորդ սենյակը, տեսնում է էլի մի աղավնի քնած: Էդպես, դու ասա տասը, ես ասեմ քսան սենյակ իրար հետևից անցնում է և յուրաքանչյուր սենյակում մի-մի աղավնի է քնած գտնում: Վերջին սենյակը որ մտնում է, ի՜նչ տեսնի. սպիտակ աղավնին, թագը գլխին, թևերը փռած՝ քնել է:

— Քույրի՜կ ջան, ինչո՞ւ ես քեզ անիծեցի, քո կարոտն ինձ այրեց:

Ասում է ու վրա վազում, աղավնի քրոջն համբուրում: Քույր աղավնին զարթնում է, թևերը թափ-թափ, ծափ-ծափ տալով թռչում է լուսամուտին կանգնում ու ասում.

— Ախ՜, ախպեր ջան, ինչո՞ւ ինձ համբուրեցիր, դու ինձ մատով պետք է խփեիր, գլխիս թագը պոկեիր, ես աղջիկ կդառնայի, քեզ սիրող քույրը: Ես դարձյալ աղավնի կմնամ, կգնամ Ստվերների մոր այրը, կարող ես, եկ ինձ ազատի: Հիմա գնա այն բոլոր քնած աղջիկներին զարթեցրու: Նրանք քեզ պես ազիզ ախպեր չեն ունեցել, որ գա իր քրոջն ազատի: Նրանց զարթեցնելիս չլինի թե համբուրես, այլ մատով խփիր:

Ասում է, թևին տալիս ու թռչում:

Եղբայրն ընկնում է գետին, գլխին է տալիս, լալիս է, արցունք է թափում, բայց ճա՛րն ինչ, ի՛նչ կարող էր անել, անցածն անցել էր: Վերջը գնալով՝ մեկ-մեկ բոլոր քնած աղավնիներին մատով խփում է ու զարթեցնում: Բոլոր աղավնիները նորից աղջիկներ են դառնում, գնում իրենց տները:

Միայն մնում է մի աղջիկ, թագավորի աղջիկը:

— Միրու՛ն տղա, — ասում է այդ աղջիկը, — դու ինձ լավություն արիր, ազատեցիր Ստվերների կախարդ մոր ձեռքից: Ես քեզ խրատ կտամ, թե ինչպես ազատես քո անուշ քրոջը: Հիմա Ստվերների մայրը նստած է իր գահին, իսկ նրա ուսերին, գահի շուրջը շարված են աղջիկ—աղավնիներն ու դունդունում են: Հանի՛ր դանակդ, մատդ քիչ կտրիր արյունը քսիր աչքերիդ ու մտիր այրը: Աչքերդ մթնում լույս կտան: Ստվերների թագուհին և բոլոր այնտեղ եղած աղավնիները քեզ չեն տեսնի: Զգուշությամբ մոտեցիր, բռնիր քույր աղավնուդ բկից ու դուրս բեր:

Ինչպես աղջիկն ասում է, տղան այնպես էլ անում է: Մատը կտրում է, արյունը քսում իր աչքերին ու մտնում Ստվերների թագուհու այրը: Մոտենում է իր քրոջը, բկից բռնում ու դուրս բերում:

Թագավորի աղջիկը իր մատից մի կաթ արյուն է կաթեցնում քրոջ թագի վրա, ապա թագը քաշելով պոկում է, և աղավնին դառնում է աղջիկ: Քույր ու ախպեր ջերմ փաթաթվում են իրար և կարոտներն առնում:

Թագավորի աղջիկն այդ սրտաշարժ տեսարանից սաստիկ զգացվում է ու լալով ասում է.

— Թեև ես թագավորի աղջիկ եմ, ամեն տեսակ բարիքով լցված, բայց չեմ վերադառնում հորս մոտ: Ես էլ կգամ ձեզ հետ, ինձ էլ ձեզ հետ տարեք: Միասին կաշխատենք, միասին կուտենք:

Թագավորի աղջիկն ու ազատարար պատանին՝ երեքով վերադառնում են տուն: Միասին աշխատում են, միասին ուտում, հաշտ ու սիրով ապրում:

Նրանք հասան իրենց մուրազին, դուք էլ հասնեք ձեր մուրազին:

ՀԱԶԱՐԱՆ ԲԼԲՈՒԼԸ

Ժամանակով լինում է, չի լինում, մի շատ հարուստ, բայց անզութ թագավոր է լինում: Երկնքի աստղերին համբրանք է լինում, դրա ոսկուն ու արծաթին համրանք չի լինում:

էդ թագավորը մի շատ գեղեցիկ, մի հրաշալի տաճար է շինել տալիս, մի չտեսնված բան:

Ճարտարապետը, շինող վարպետը, երբ տաճարը շինում, միջից դուրս են գալիս, էդ ժամանակ տաճարի միջից մի ձայն ասում է.

— Ապրած մնա թագավորը, տաճարը գեղեցիկ է, հրաշալի է, բայց մի բան պակաս է, — ասում է ու անհետանում:

Թագավորը զարմացած է մնում, զարմանում է և ամբողջ քաղաքը, թե ինչն է պակաս:

Թագավորը հրամայում է, որ տաճարը քանդեն և նրա տեղը նորից մի փառավոր տաճար կանգնեցնեն, առաջինից տասն անգամ գեղեցիկ:

Այդպես էլ անում են. էլի վարպետը, երբ պրծնում է ու դուրս գալիս տաճարից, դարձյալ էն մարդը հայտնվում է ու կանգնում, ասում.

— Ապրած մնա թագավորը, էս անգամ տաճարը առաջինից տասն անգամ շքեղ ու գեղեցիկ է, բայց էլի մի բան պակաս է, — ասում է ու անհետանում:

Թագավորը շատ է տխրում, բայց ինչ կարող էր անել, փողի բան չէր, որ բանը փողի զցեր. հրամայեց, որ այդ տաճարն էլ քանդեն, և նրա տեղը այնպիսի մի տաճար կանգնեցնեն, որ առաջվանից տասն անգամ շքեղ ու գեղեցիկ լինի:

Թագավորի հրաման է, ինչ կարելի է անել. նորից քանդում են տաճարը և նրա տեղը կանգնեցնում մի նոր տաճար, բայց ի՜նչ տաճար. պատերը արծաթից, գմբեթը և սյուները զուտ ոսկուց: Էլի երբ վերջացնում են տաճարի շինությունը, երևում է այն մարդը ու թագավորի ներկայությամբ ասում.

— Ապրած մնա թագավորը, գահը ամուր լինի, թուրը կտրուկ. հրաշալի, չտեսնված տաճար շինեց, բայց էլի մի բան պակաս է: Եթե թագավորը կարողանա Հազարան Բլբուլը բերել տա ու տաճարում կախի, էլ տաճարը ոչ մի պակասություն չի ունենա, — ասում է ու անհետանում:

Թագավորը երեք կտրիճ տղա ուներ: Երեքով առաջ են գալիս, չոքում հայր-արքայի առաջ ու ասում.

— Թագավորն ապրած մնա, էլ մենք ինչի՞ համար ենք, որ դու տխրես: Կընկնենք աշխարհե աշխարհ. լույս աշխարհը ման կգանք, լույս աշխարհը կթողնենք, մութ աշխարհը ման կգանք, Հազարան Բլբուլը կգտնենք, կբերենք: Դարդ մի անի:

Վեր են կենում երեք եղբորով ու գնում: Գնում են, գնում, շատ են գնում քիչ են գնում, շատն ու քիչը աստված գիտե, գնում հասնում են մի խաչաձև ճամփի: Այստեղ նստում են, հանգստանում ու խորհուրդ անում: Ասում են իրար, թե՝ եղբայրներ, եկեք բաժանվենք, ամեն մեկս թող մի կողմի վրա գնա, հարցուփորձ անելով Հազարան Բլբուլի տեղն իմանա:

Մեծ եղբայրը գնում է աջ, միջնեկը՝ ձախ, փոքր եղբայրը՝ ուղիղ:

Մեծ եղբայրը գնում է, գնում, հասնում է մի անծանոթ թագավորի քաղաք, մտնում է այդ թագավորի մոտ ծառայության, մոռանում է, որ եկել է Հազարան Բլբուլը տանելու:

Միջնեկ եղբայրը գնում է, գնում է, պատահում է մի հսկա արաբի: Արաբը հարցնում է, թե՝ այ տղա, դու այստեղ ի՞նչ ես անում: Թագավորի տղան էլ պատասխանում է, թե ես Հազարան Բլբուլի տեղն եմ փնտրում:

— Լավ, — ասում է արաբը, — հիմա ես քեզ Հազարան Բլբուլի տեղը կասեմ: — Ասում է, մոտենում է ու ձեռքի սև ճիպոտով որ չի խփում, թագավորի տղան իսկույն նեթ քար է դառնում:

Լուրը տանք փոքր եղբորից: Փոքր եղբայրն էլ գնում է, գնում, տեսնում է ծառի տակ ընկած մի վիրավոր աղավնի, և էն է՝ շունչը փչելու վրա է: Թագավորի տղան վերցնում է վիրավոր աղավնուն, աղբյուրի ջրում լվանում է վերքը, տաքացնում է իր կրծքի վրա, հացի փշրանք է տալիս: Աղավնին ուժի է գալիս, աստծու հրամանով լեզու է ելնում ու ասում է.

— Թագավորի՛ տղա, շնորհակալ եմ քեզանից. դու ինձ նորից կյանք բաշխեցիր, դու որ չլինեիր, ես կորած էի: Ինչպես որ դու ինձ լավություն արիր, ես էլ ուզում եմ քեզ լավություն անեմ: Գիտեմ՝ դու գնում ես, որ Հազարան Բլբուլը բերես քո հոր շինած տաճարի համար: Էսպես շարունակ կգնաս դեպի արևելք, կհասնես Հազարան Բլբուլի տիրոջ երկիրը: Հազարան Բլբուլի տերը, որ մի գեղեցիկ հուրի—փերի աղջիկ է, իր երկրի ջուրն ու հողը, ծառն ու ծաղիկը, ամեն ինչ կախարդել է, որ չլինի թե գան, Հազարան Բլբուլը իրենից խլեն, տանեն:

— Բա ինչպե՞ս բերեմ Հազարան Բլբուլը, սիրուն աղավնի:

— Էդ ես չեմ կարող ասի, թե ինչպես, թագավորի տղա: Միայն այսքանը կասեմ, որ բարի մարդի գործը միշտ կհաջողվի. գնա, հույսդ քեզ վրա դիր, որ ամեն դժվարությունների հաղթես և Հազարան Բլբուլը բերես: Միայն ինձանից քեզ հիշատակ, վերցրու թևիցս մի փետուր: Նեղն ընկնելիս՝ հանի փետուրը և համբուրիր. ես քեզ օգնության կհասնեմ:

Ասում է աղավնին, թևիցը մի փետուր է գցում ու ինքը թևին է տալիս, թռչում:

Թագավորի տղան վերցնում է աղավնու փետուրը ու գնում է: Գնում է, գնում է, ինքն էլ չի իմանում թե ուր է գնում: Հացն էլ է պրծնում, ինքն էլ հոգնում է. հոգնած, բեզարած հասնում է մի աղբյուրի: Շոգ օր, հոգնած մարդ. վրա է գալիս աղբյուրին, մի լավ խմում է ու ասում.

— Ա՜յ սառնորակ աղբյուր, ակդ միշտ անսպառ մնա, սիրտս հովացավ:

— Ա՜յ ճամփորդ, ինչո՞ւ ես ասում՝ ակդ միշտ անսպառ մնա, չէ՞ որ ջուրս դառն է ու լեղի, — ասում է աղբյուրը:

— Ճիշտ է, ջուրդ դառն է, բայց քո ունեցածն էլ էդ է, հո չես կարող ինձ համար ջուրդ քաղցրացնի. շեն ես ու շեն մնաս: Եթե քո դառը ջուրն էլ չլիներ, ես ծարավից կմեռնեի:

— Գնա, բարի ճամփորդ, որ դու էդպես բարի ես, ես քեզ վնաս չեմ տա: Թագավորի տղան դարձյալ գնում է, գնում մտնում է մի հովիտ: Հովտում տեսնում է մի խնձորենի, վրան շատ խընձոր: Մոտենում է ծառին, մի խնձոր է պոկում, կծում է, տեսնում է, որ շատ դառն է, ինչպես օձի կաթ: Հյութը կուլ է տալիս ու ասում.

— Դալար մնաս, այ խնձորենի , բերանս ցամաքել էր, սիրտս վառվում էր, խնձորդ սիրտս հովացրեց:

— Ա՜յ ճամփորդ, էսքան ժամանակ ոչ ոք ինձ չէր ասել թե դալար մնաս, այ խնձորենի, դու ինչո՞ւ ասիր. չէ՞ որ իմ խնձորը թթու ու լեղի է օձի կաթի պես:

— Ճիշտ է, խնձորդ թթու ու լեղի է, բայց ունեցածդ էդ է. ինձ համար հո չե՞ս քաղցրացնի քո պտուղը - դու չլինեիր, լեզուս բերանիս մեջ կչորանար: Մնաս բարով: Շեն ես ու շեն մնաս:

— Գնաս բարով, բարի տղա, որ դու էդպես բարի ես, իմ խնձորի թույնը քեզ վնաս չի տա:

Թագավորի տղան գնում է, գնում, հասնում է կախարդ աղջկա պալատին: Տեսնում է, որ պալատի դռան առաջ, աջ կողմը կապած է գայլը՝ խոտը առաջին, ձախ կողմը դոչը՝ միսը առաջին:

— Տեր աստված, — ասում է ինքն իրեն, — էս ի՞նչ բան է, չտեսածս բաները տեսնում եմ, ո՞վ է տեսել գայլը խոտ ուտի, դոչը՝ միս:

Վեր է առնում դոչի առջևից միսը դնում է գայլի առջևը, գայլի առջևից խոտն էլ՝ դոչի առջևը: Գայլն ու դոչը ասում են.

— Գնա՛, թագավորի տղա, որ դու էդպես լավություն արիր մեզ, մենք քեզ վնաս չենք տա:

Թագավորի տղան ներս է մտնում պալատի դռնից՝ տեսնում է, որ դռան մի թևը բաց է, մյուսը վրա դրած: Ինքն իրեն ասում է.

— Էս ի՞նչ բան է, էս պալատը անտեր է ի՞նչ է, տեր—տիրական չունի՞: Դռան էս մի փեղկը վրա չդրվելով չորացել, ծռվել մնացել է, մյուս փեղկը կարոտ է, որ մի ձեռք կպչի իրեն և բաց անի: — Ասում է ու բացած փեղկը վրա է դնում, դրածը բաց է անում ու մտնում պալատ:

Դռան փեղկերն ասում են.

— Գնա, բարի տղա, քեզ վնաս չենք տա:

Պալատով գնում, գնում, մտնում է կախարդ աղջկա պարտեզը: Պարտեզ, ի՞նչ պարտեզ, պարտեզ մի՜ ասի՝ դրախտ ասա. ոչ գրչով կգրվի, ոչ լեզվով կպատմվի նրա գեղեցկությունը:

Աշխարհի բոլոր երգեցիկ թռչունները այնտեղ էին երգում, աշխարհի բոլոր ալ ու ալվան, խաս ու դումաշ ծաղիկները այնտեղ էին ծաղկում, աշխարհի բոլոր գեղեցիկ թիթեռները այնտեղ էին թրթռում, աղբյուրներն ու շատրվանները լալ ու գոհար էին շաղ տալիս և արևի շողերի տակ ծիածաններ էին կազմում: Բոլոր ծառերը փարթամ սաղարթ ունեին և համեղ պտուղներ:

Այն ծառը, որի վրայից կախված էր Հազարան Բլբուլը իր ոսկե վանդակով, զուտ ոսկի էր, ճյուղերն ու տերևները արծաթե, խնձորները մեծ-մեծ զմրուխտներ: Այդ աննման ծառի տակ քնած էր Հազարան Բլբուլի տեր կախարդ աղջիկը, չքնաղ գեղեցկուհին:

Թագավորի տղան ապշել-մնացել էր իր տեսածից: Մոտեցավ ծառին, Հազարան Բլբուլին վանդակով վեր առավ ծառից, ու շտապով դռները լեն բացվեցին նրա առաջ, դղյն ու գայլը ճամփա տվին, նա դուրս եկավ այգուց:

Խնձորենին անուշ խնձոր գլորեց նրա առջև, աղբյուրը ջուրը քաղցրացրեց նրա համար: Գնաց տղան իր եղբայրներին գտնելու:

Մի տարին արդեն լրացել էր: Եղբայրները պայման էին դրել, որ մի տարուց հետո գան դարձյալ այն տեղը, որտեղից բաժանվել էին: Թագավորի տղան Հազարան Բլբուլը ձեռին գալիս է, գալիս, հասնում է այնտեղ, որտեղ արաբը իր եղբորը քար էր դարձրել: Արաբը դուրս է գալիս և այդ եղբոր առաջ, ուզում է, որ նրան իր ձեռքի սև ճիպոտով խփի ու քար դարձնի, բայց Հազարան Բլբուլը երգում է իր գեղեցիկ երգը: Արաբը այդ երգը լսում է թե չէ՝ ընկնում է ու քար դառնում, իսկ բոլոր քարացած մարդիկ և թագավորի միջնեկ տղան նորից շունչ են առնում ու մարդ դառնում: Թագավորի քարացած տղան հասնում է ու իր նլբորը փաթաթվում: Նրանք համբուրվում են ու գնում այն ճամփաբաժանը, իրենց մեծ եղբորն սպասում:

Շատ են սպասում, քիչ են սպասում, տեսնում են, որ իրենց մեծ եղբայրը չի գալիս, վեր են կենում, գնում-ընկնում են քաղաքից քաղաք, գտնում են նրան ու երեքով միասին գնում են դեպի իրենց հոր երկիրը:

Ճանապարհին նրանք հասնում են մի անապատ տեղ, որտեղ մի կաթիլ ջուր չկար: Դես են ընկնում, դեն են ընկնում, տեսնում մի ջրհոր: Է՛, ով մտնի՝ հորից ջուր հանի: Մեծը թե՝ ես վախենում եմ, միջնեկը թե՝ ես էլ եմ վախենում: Փոքրը թե՝ ինչ անեմ, հո չէ՞մ թողնի, որ իմ եղբայրները ծարավից մեռնեն: Ինչ էլ կուզի լինի, եկեք ինձ կախեք հորը, մտնեմ, ջուր հանեմ:

Երկու եղբայրը բերին փոքրին կախեցին հորը: Բայց մտքերը չար էր: Նախանձեցին եղբոր վրա, թե ինչու սրա պատիվը բարձրանա, թոկը կտրեցին, եղբորը գցեցին հորը, իրենք Հազարան Բլբուլն առան ու գնացին: Հասան իրենց հոր քաղաքը, ներկայացան թագավորին, ասացին, որ բերել են Հազարան բլբուլը:

— Ո՞ւր է ձեր եղբայրը, — հարցնում է հայրը:

— Չգիտենք, հայր, գնաց ու չեկավ: Դարդ մի՛ անի, եթե կենդանի է՝ կգա:

Հազարան Բլբուլը տարան տաճարի մեջ կախեցին, բայց նա չերգեց ու

չերգեց: Թագավորի որդին հորի մեջ ընկած մտածում էր, թե ինչո՞ւ եղբայրները իր հետ այդպես վարվեցին, ի՞նչ կլինի իր վերջը: Հանկարծ մտաբերեց, որ աղավնին իրեն մի փետուր է հիշատակ թողել: Հանեց փետուրը ծոցից, երեք անգամ այն համբուրեց և ասավ.

— Սիրուն աղավնի, նեղ տեղն եմ, հարազատ եղբայրներս ինձ հորի մեջ թողին: Բա դու ասում էիր, բարի մարդի գործը կհաջողվի. է՞ս է հաջողությունը:

Խոսքը վերջացրել էր, չէր վերջացրել, մեկ էլ երկնքում անթիվ, անհամար աղավնիներ երևացին: Ամեն մի աղավնի կտցով մի ծառի ոստ էր բերել: Նրանք ծառի ոստերը գցեցին հորը այնպես, որ հորը լցվեց և թագավորի տղան հորից դուրս եկավ ու շարունակեց իր ճամփեն:

Թող գնա, մենք լուրը տանք կախարդ աղջկանից:

Նա զարթնեց քնից, տեսավ, որ իր Հազարան Բլբուլը չկար, վազեց, ման եկավ այգում, չկար, վազեց մտավ պալատ, Բլբուլը չկար, դուրս վազեց պալատից և դռներին ասավ.

— Դռներ, ինչո՞ւ ճամփա տվիք Հազարան Բլբուլի տանողին, ինչո՞ւ դավաճանեցիք ինձ:

— Մենք ինչո՞ւ ճամփա չպետք է տայինք այն բարի տղին, — ասացին դռները, — էսքան ժամանակ դու մեզ մի անգամ կարգին վրա չդրիր ու բաց չարիր: Չորացել, ծռվել մնացել էինք, իսկ նա մեզ լավություն արավ:

Գնաց, գայլին ու դոչին ասավ.

— Գայլ, դու ինչու չպատառոտեցիր գողին:

— Ես ինչո՞ւ պատառոտեի էն բարի տղին, նա ինձ միս տվեց, իսկ դու խոտով ես կերակրում ինձ:

— Ղո՛չ, դու ինչո՞ւ չխփեցիր նրան:

— Ինչո՞ւ պետք է խփեի բարի տղին, նա ինձ խոտ տվեց, իսկ դու մսով ես կերակրում ինձ:

Կախարդ աղջիկը վազեց, խնձորենուն հասավ.

— Ա՛յ խնձորենի, ինչո՞ւ չթունավորեցիր Հազարան Բլբուլը տանողին:

— Ինչո՞ւ թունավորեի էն բարի տղին. դու իմ պտուղները փչացրել ես, իսկ նա ինձ օրհնեց:

Գնաց աղբյուրին հասավ.

— Ա՛յ աղբյուր, ինչո՞ւ ծով չդարձար, չխեղդեցիր Հազարան Բլբուլը տանողին:

— Ինչո՞ւ խեղդեի էն բարի տղին, դու իմ ջուրն ես փչացրել, իսկ նա օրհնեց ինձ, ասավ, թե ակդ անսպառ լինի:

Հուրի—փերին էլ չկանգնեց, առաջ վազեց, եկավ, եկավ հասավ Հազարան Բլբուլը տանողի հոր քաղաքը: Իմացավ, որ իր Հազարան Բլբուլը կախած է տաճարում, բայց չի երգում:

Հուրի-փերին գալիս է թագավորի մոտ, ասում է, որ Հազարան Բլբուլն իրենն է, էդ ո՞վ է եկել, գողացել բերել:

Թագավորի մեծ տղան ասում է, թե ես եմ բերել Հազարան Բլբուլը:

— Թե որ դու ես բերել, — ասում է աղջիկը, — դե ասա, ինչ տեսար իմ պալատում:

Թագավորի տղան ի՞նչ կարող էր ասել, քանի որ ոչինչ չէր տեսել: Միջնեկ տղան ասում է, թե ես եմ բերել:

(Դե որ դու ես բերել, ասա ի՞նչ տեսար ճամփին:

Դա էլ ոչինչ չի կարող ասել:

Այդ խոսակցության ժամանակ գալիս հասնում է փոքր եղբայրը ու ասում է, թե ես եմ բերել Հազարան Բլբուլը:

— Եթե դու ես բերել, — ասում է կախարդ աղջիկը, — ի՞նչ տեսար ճանապարհին:

— Ես տեսա քո կախարդած աղբյուրը, խնձորենին, տեսա պալատիդ պահապան գայլին ու դոչին, տեսա բացարած դռները , տեսա քո անմահական այգին:

— Այո, հիմի հավատում եմ, որ դու ես բերել իմ Հազարան Բլբուլը, իմ այգու զարդը: Բայց մինչև հիմի որտե՞ղ էիր, եղբայրներդ ինչո՞ւ են ասում, թե իրենք են բերել Հազարան Բլբուլը:

— Իմ եղբայրները շատ նախանձոտ և ապերախտ մարդիկ դուրս եկան: Միջնեկին արաբը քար էր դարձրել, Հազարան Բլբուլի երգով էլի մարդ դարձավ: Մեծ եղբայրս հանգիստ գնացել, թագավորի մոտ ծառայության էր մտել, իբրև թե գնացել էր Հազարան Բլբուլը բերելու: Ճամփին էլ, երբ որ ինձ կախեցին հորը ջուր հանելու, թոկը կտրեցին, ինձ գցեցին հորը և Հազարան Բլբուլը առան եկան: Ես եմ բերել Հազարան Բլբուլը, է՜ս:

Էդ ժամանակ հանկարծ երգեց Հազարան Բլբուլը, տաճարը լցվեց մեղմ, հաճելի կլկլոցով:

Թագավորը հրամայեց, որ ապերախտ եղբայրներին պատժեն, բայց փոքր եղբայրը ասավ.

— Թագավոր, ներիր եղբայրներիս:

Եղբայրներն ընկան փոքր եղբոր ոտները ու ներողություն խնդրեցին:

Հազարան Բլբուլն ավելի ու ավելի բարձրացրեց իր կըլկլոցը, սիրուն ելևէջներով երգը գեղգեղում էր տաճարի կամարների տակ:

Այդ ժամանակ հայտնվում է տաճարում էլի էն մարդը ու ասում.

— Թագավորն ապրած կենա, ա՜յ հիմի տաճարը ոչ մի պակասություն չունի: Քանի որ Հազարան Բլբուլը կերգի, իմացեք, որ եկեղեցին կանգուն է: Որ օրը Հազարան Բլբուլը լռեց, իմացեք, որ եկեղեցին շեն չի, թեկուզ նրա շենքը ձեր աչքին երևա պատերը արծաթից, սյուներն ու գմբեթը ոսկուց:

Թագավորն էդ խոսքերի միտքը հասկացավ ու այնուհետև սկսեց սիրով կառավարել իր երկիրը: Տաճարի դուռը բաց էր թե՛ աղքատի և թե՛ հարուստի առաջ: Տաճարը ուխտատեղ էր դարձել ժողովրդի համար: Երկրի ամեն մի կողմից թշվառներն ու հիվանդները գալիս էին մխիթարություն ու բժշկություն գտնելու: Եվ երբ թագավորը անարդար բան էր բռնում, Հազարան Բլբուլը օրերով լռում էր և չէր երգում:

Կախարդ աղջիկը է՛լ չհեռացավ իր Հազարան Բլբուլից, դարձավ թագավորի տղի նշանածը:

Յոթ օր, յոթ գիշեր հարսանիք արին: Կերան, խմեցին քեֆ քաշեցին:

Երկնքից երեք խնձոր իջավ. մեկն ասողին, մեկը պատմողին, մեկն էլ ընթերցողին:

ՏԵՐՏԵՐՆ ՈՒ ԻՐ ԲԱԼԴԻ ԾԱՌԱՆ

(Ա. Պուշկին)

Մի ժլատ տերտեր,
Հարուստ, տնատեր,
Վաղ գնաց շուկա,
Որ գործը հոգա,
Ետ դառնա տուն գա:
Էդ տեր ժլատին
Պատահեց Բալդին,
Ասավ. — Օրհնյա, տեր,
Ի՞նչ կուզես, տերտեր:
— Կուզեմ մի ծառա,
Շատ բան իմանա,
Լինի խոհարար,
Ձիապան, դուրգար.
Շատ էժան վարձով,
Ապրի չոր հացով:
— Ա՛ տեր, ինձ վարձիր,
Կուզես քար բարձիր,
Մի կլոր տարի
Ինձ տանդ պահի.
Թե ուտիս, թե պաս
Տուր ինձ լոկ սպաս,
Ու տարվա վերջին
Քո տանը միջին
Թող միջամատով
Երեք հատ կտտոց

Տամ քո ճակատով.
Ահա իմ վարձը,
Վերջացա՞վ հարցը:
Տերտերը խորհեց,
Ճակատը քորեց,
Կըտտոցները իրա մեջ
Բան չհաշվեց, ասավ՝ հե՛չ.
Կտտոց էլ կա, կտտոց էլ:
Եվ մոռացվեն գուցե էլ:
Համաձայնեց պայմանին
Եվ տուն բերեց ծառային:

***

Ինչպես ցույց տվավ փորձը,
Բալդին գիտեր իր գործը:
Արի էր մարդը,
Վարում էր արտը,
Պահում էր նա ձին,
Հասնում էր հնձին,
Շատ քիչ էր քնում,
Շուտ էր վեր կենում,
Շուկա էր գնում,
Տան պաշար առնում,
Տանը ջուր կրում,
Օջախը վառում,
Վրան ձու խաշում,
Խաշում ու կճպում,
Երբեք չէր վիճում:
Հիացել էր իրիցկինը,
Վրան ցավում էր աղջիկը,
— Ապի, — կանչում տան փոքրիկը,
Որ նստում էր Բալդու գիրկը:
Տերտերը միայն
Չէր սիրում նրան.
Երբ հիշում էր Բալդու մատը,
Ճըքճըքում էր ծեր ճակատը:

***

Տարին անցնում էր օրեցօր,
Իսկ տերտերը,մտամոլոր,
Ոչ ուտում է, ոչ էլ խմում,
Տարվա վերջին է սպասում:
Ահա մի օր
Խեղճ ու մոլոր
Էն քահանան
Իրիցկնկան
Խոստովանեց
Ամեն մի բան:
Իրիցկինը. — Ես թույլ չեմ տա,
Ա՛ տեր, Բալդին ճակատիդ տա.
Եկ դիր նրան այնպես գործի,
Որ նա իրա ուժը փորձի,
Էն գործն անել չկարենա
Ու ամոթով դատարկ գնա:
Ուրախացավ էն տերտերը,
Իսկույն նեթ, հենց նույն օրը
Ասավ. — Բալդի՛, սատանեքը
Դեռ չեն տվել տնօրինեքը,
Գնա, ուզիր ապառիկս,
Երեք տարվա առնելիքս:

***

Բալդին մի հեզ
Ծառայի պես
Կեսը կամա.
Կեսն ակամա,
Ելավ գնաց ծովի քովը,
Թոկն օլորեց, կախեց ծովը:
Խիստ փոթորիկ ծովում հանեց
Ափը ափին տվեց, խառնեց.
Մի քիչ հետո հանկարծ ահա,
Ծովից ելավ մի սատանա.
— Ի՞նչ ես ուզում, Բալդի՛, մեզնից,
Թոկդ քաշիր, հանի՛ր ծովից:
— Չէ, ձեր ծովը ես կխառնեմ

Ու բոլորից դուրս կհանեմ,
Ձեր վրայի ապառիկը,
Իմ տերտերի առնելիքը
Էսպես երկար երեք տարի
Ինչո՞ւ համար դուք չեք բերի:
— Հերի՛ք խառնես ծովը, Բալդի՛,
Ձեռքից թոկը խնդրեմ վայր դիր,
Շուտով կտանք մենք քո հարկը
Է՛ս ա, կգա իմ թոռնիկը:
Գնաց, պապը, եկավ թոռը,
Եկավ, տվավ գլխին զոռը.
— Բարև քեզի, — ասավ Բալդուն, —
Էս ի՞նչ կարգ է,
Էս ի՞նչ վարք է,
Քո ուզածը
Էս ի՞նչ հարկ է,
Էս ի՞նչ լուր է,
Մեզ, չարերիս
Ի՞նչ տխուր է:
Հեչ լսած կա՞ գոնե մեկը՝
Հարկ վճարեն սատանեքը:
Է՛, ինչ անենք, կուզես կտանք,
Բայց մի պայման չմոռանանք,
Մինչև ժողվի պապս հարկը,
Բերի լցնի կաշե պարկը,
Արի՛ վազենք մենք միասին
Ծովի շուրջը. ճամփի կեսին
Ով որ հոգնի ու ետ ընկնի,
Թող նա ոսկու պարկը տանի:
Մի հռհռաց էդտեղ Բալդին՝
Ծաղրի տալով չարի ճուտին.
— Դու ո՞վ ես որ, ա՛յ անհեթեթ,
Բալդին վազի քեզպեսի հե՛տ.
Քիչ սպասի թող լղպորը,
Գնամ բերեմ իմ եղբորը:
Բալդին անտառ գնաց արագ,
Բռնեց երկու հատ նապաստակ
Եվ զցելով նրանց պարկը,
Դարձավ եկավ ծովի ափը:
Հանեց մեկին պարկի միջից
Ու բռնելով ջուխտ ականջից,
Ասավ չարին. — Վախկոտ ճուտիկ,

Խոսքիդ տերն ես, արի մոտիկ.
Առաջ վազիր դեռ եղբորս հետ,
Ի՞նչ ես նայում վրան խեթ—խեթ.
Դեհ, մեկ, երկուս, երեք՝ վազեք,
Դուք իրարու լավ կսազեք:
Ու վազեցին. նապաստակը
Փախավ անտառ, մտավ ծակը,
Իսկ սատանեն, տնկած դունչը,
Շրջան տալով ծովի շուրջը,
Քրտնաթաթախ և վազեվազ,
Շունչը կտրած և հազիվհազ,
Քարին տալով իր մի ոտը՝
Իրան գցեց Բալդու մոտը:
Եվ ի՜նչ տեսավ էն լղպորը՝
Բալդին շոյում էր եղբորը.
— Ապրի՜, ապրի՜, իմ մոր բալեն,
Խիստ հոգնե՜լ է զիլ վազելեն:
Սատանեն էլ, փոքրիկ ճուտը,
Փորին տալով երկար տուտը,
Ասավ. — Գնամ բերեմ հարկը,
Որ լցրել է պապս պարկը:
Գնաց թոռը պատմեց պապին,
Թե՝ հաղթըվեց ծովի ափին:
Բալդին նորից
Թոկն օլորեց,
Կախեց ծովից,
Խիստ փոթորկեց,
Ձայներ եկան
Ծովի տակից:
Մի այլ հնարք գտավ պապը
Եվ ուղարկեց թոռին ափը:
Թոռը եկավ, ասավ Բալդուն.
— Հերիք խառնես մեր ծովը դուն,
Էս ի՞նչ կարգ է,
Էս ի՞նչ վարք է,
Քո ուզածը
Էս ի՞նչ հարկ է.
Էս ի՞նչ լուր է,
Ի՞նչ տխուր է.
Իմացած կա՞ գոնե մեկը՝
Հարկ վճարեն սատանեքը:

Է՛, որ կուզես, մենք էլ կտանք,
Բայց մի պայման չմոռանանք:
Մեզնից հեռու, գետնի վրա,
Որտեղ կուզես, նշան արա.
Ձեռքիս փայտը ով մեզանից
Դեն շպրտի էն նշանից,
Թող նա տանի ոսկու պարկը,
Երեք տարեն ժողված հարկը:
Հը, լովեցա՞ր,
Տես, վախեցա՞ր
Թնդ ջարդի,
Վախկոտ Բալդի:
— Հա՛, վախեցա՝ թևս ջարդի,
Հլա լեզվին էս լակոտի,
Հլա մտիկ պուճուր շանը:
Ա՛յ, էն ամպն է իմ նշանը:
Փայտը էնտեղ ես կնետեմ,
Այնուհետև ես ձեզ գիտեմ...
Սատանեն էր՝ փոքրիկ ճուտը,
Փորին տալով երկար տուտը,
Լեղապատառ ընկավ ծովը,
Շունչը առավ պապի քովը,
Եվ եղածը ծովի ափին՝
Նա կցկտուր պատմեց պապին:

***

Բալդին նորից
Թոկն օլորեց,
Կախեց ծովից,
Խիստ փոթորկեց,
Ձայներ եկան
Խոր հատակից:
Դարձյալ եկավ էն լղպորը.
— Ա՛յ անիծվի էս մեր օրը,
Բալդի, ունեմ էլի նոր բան...
— Սուս, կաթնակեր, չքոտ, անբան,
Հերթը իմն է, — ասավ Բալդին
Էն աներես չարի ճուտին: —
Տեսնում ես դու էն մատակ ձին

Արածում է ջոկ, առանձին.
Եթե նրան բարձրացնես,
Ձեռքերովդ կես վերստ տանես,
Ձեզ կբաշխեմ էդ ձեր հարկը,
Դատարկ կերթամ մեր աշխարհքը:
Սատանեն էր, էդ խոսքի հետ
Հասավ ձիուն, իսկույն նեթ
Առավ նրան իր ձեռներին,
Ջոռը տալով ջուխտ ծնկներին:
Բայց երկու քայլ դեռ չփոխած,
Փռվեց գետնին, սաստիկ դողաց:
— Թուլիկ-մուլիկ չար սատանա,
Վրադ հոգոց ո՞վ կկարդա.
Վե՛ր կաց, վե՛ր կաց, չարի ճուտիկ,
Աչքերդ բաց ու ինձ մտիկ:
Դու չտարար ձին ձեռներով,
Ես կտանեմ զույգ ոտներով: —
Ասավ Բալդին ու ձին հեծավ,
Ոտների մեջ նրան առավ,
Մի վերստ տեղը իսկույն անցավ,
Փոշին ելավ, դուման դարձավ:
Էդտեղ դարձյալ չարի ճուտը,
Չըմբռնելով Բալդու սուտը,
Լեղապատառ ընկավ ծովը,
Շունչը առավ պապի քովը,
Իր տեսածը ծովի ափին
Նա կցկտուր պատմեց պապին:

***

Բալդին նորից
Թոկն օլորեց,
Կախեց ծովից,
Խիստ փոթորկեց,
Ձայներ եկան
Խոր հատակից:
Հնարք չկար. սատանեքը
Հավաքեցին իրանց հարկը,
Շալկած բերին Բալդու մոտը,
Մեղա գալով, ընկան ոտը.

— Ա՛ռ ուզածդ, գնա՛, — ասին, —
Միայն հանգիստ տուր մեր դասին:

***

Բալդին եկավ տնքտնքալով,
Ոսկին մեջքին զնգզնգալով:
— Վա՛յ իմ օրին, — տերտերն ասավ,
Թռավ տեղից, տեղ չգտավ,
Կնկա փեշի տակը մտավ,
Բալդին նրան փեշի տակից
Քաշեց հանեց՝ բռնած միրքից.
Ասավ. — Բերի ես քո գանձը,
Տարվա վերջն է, տուր իմ վարձը:
Էն տեր ժլատը
Բռնեց ճակատը.
Բալդին մի հատ կտտացրեց,
Նրան օձորքը թլռցրեց.
Մի անգամ էլ կտտացրեց,
Լեզուն բերնում լռեցրեց,
Վերջն էլ որ չկտտացրեց,
Խեղճ տերտերին գժվացրեց.
— Ժլատ ծերուկ, էս քեզ մի դաս,
Էժանության էլ ման չգաս, —
Ասավ Բալդին ուրախ, ուրախ,
Ելավ գնաց անվարձ, անհախ:

ՔՆԱԾ ԴՇԽՈՒՀԻՆ ԵՎ ՅՈԹ ՔԱՋԵՐԸ

(Փոխադրություն Ա. Պուշկինից)

«Մնաս բարով» ասելով
Թագավորը թագուհուն՝
Գնա՛ց, չեկավ մի տարով:
Թագուհին էր, օրն ի բուն,
Առավոտից իրիկուն,

Առագաստում կենտ նստած՝
Լուսամուտին աչքն հառած,
Սպասում էր, սպասում...
Եվ աչքերը վնասում:
Աչքերն էնքան նայեցին,
Որ նայելուց ցավեցին:
Չկա, չկա հոգյակը,
Միրտն է այրում փափագը:
Միայն բուքն է խիստ հուզվում,
Ձյուն է գալիս ու դիզվում:
Ինն ամիսը երբ անցնում,
Առագաստում թագուհին
Ջրօրհնեքի բուն տոնին
Ունենում է մի աղջիկ,
Ինչպես վարդի մի փնջիկ:
Առավոտուն, լուս ու մութ,
Արքան եկավ, ի՞նչ օգուտ.
Վրան նայեց թագուհին,
Ծանր-ծանր հառաչեց
Ու հուզմունքից խստագին
Ճաշին ընդմիշտ նա ննջեց:
Արքան մնաց սգավոր,
Նա էլ մարդ էր մեղավոր.
Տարին անցավ ոնց երազ,
Նա կին առավ դեռահաս:
Բարձր, սիրուն, նազելի,
Բայց բնույթը զզվելի,
Չար ու հպարտ, կրտկրտան,
Կասկածոտ ու մրքմրթան:
Օժիտ ուներ լի ու լի,
Հետն էլ՝ մի հատ հայելի:
Պետք է ասեմ ավելին,
Խոսել գիտեր հայելին.
Հետը ուրախ խոսում էր
Ու զուգվելով ասում էր.
— Ասա դու ինձ, հայելի,
Ո՞վ կա ինձնից ավելի
Արմաղ-շարմաղ, սիրելի:
Հայելին իսկույն նեթ
Խոսում էր թագուհու հետ.
«Չկա քեզնից ավելի
Արմաղ-շարմաղ, սիրելի»:

Ու թագուհին հըռհռում,
Զույգ ուսերն էր ծըռմռում,
Քթի տակը մըռմռում,
Աչքերը ճըտ-ճտտացնում,
Մատներով չըտ-չըտտացնում,
Ձեռքը մեջքին կանթ արած՝
Կանգնած հայելու դիմաց:
Իսկ թագուհու աղջիկը,
Հոտով վարդի փնջիկը,
Հեռզիեռն ծաղկելով՝
Մեծանում էր օրերով:
Աչք ու ունքը սև սաթ էր,
Լույսը դեմքից կկաթեր:
Դարձավ սիրունի փեսեն
Իշխանազուն Եղիսեն:
Հոր մոտ դրկեց նա պատգամ.
Արքան ասավ. «Հա՛, կտամ»:
Յոթը քաղաք, շատ դդյակ
Տվեց օժիտի տեղակ:
Թագուհին առագաստում
Իրան զուգում, պատրաստում,
Ու հայելուն նա էլի.
— Ասա դու ինձ, հայելի,
Ո՞վ է ինձնից ավելի
Արմաղ-շարմաղ, սիրելի:
Հայելին, թե՝ «Թագուհի,
Լսիր, քեզնից ավելի
Խորթ աղջիկդ է սիրելի»:
Թագուհին է վեր թռչում,
Խփում նրան ու ճչում.
— Այ դու անպե՛տք ապակի,
Քո սրտիկը թող ճաքի.
Դու ուղիղը չես ասում,
Վրդովել ես ինձ ուզում:
Ա՜յ թե ինչպես աճեց նա,
Հարկ է, սպիտակ կերևա.
Հղի մայրը մեն-մենակ
Լուսամուտից շարունակ
Ձյունին էնքան է նայել,
Որ աղջիկն է սպիտակել:
Բայց ինձ ասա՜ դու էլի,

Իմ աննման հայելի.
Մի՞թե ես չեմ դշխունը,
Աշխարհի մեջ նշխունը:
Պատասխանեց հայելին.
«Խորթ աղջիկդ է սիրելի».
Ոնց թե կծած սև օձից,
Չար թագուհին նախանձից
Էն հայելուն մի բոթեց,
Բռնեց մի կողմ շպրտեց.
Ճչաց, կանչեց նաժիշտին,
Կանչեց, բերեց իր կշտին,
Ասավ. «Աղջի, քեզ հետ եմ,
Թե չէ մազդ կփետեմ.
Խորթ աղջկաս հետդ առ,
Իսկույն նեթ տար անտառ.
Կապիր նրան ծառերին,
Բաժին դառնա գայլերին»:
Աստված պահի կնոջ հերսից,
Սատանան էր խոսում ներսից.
Հետը վիճել չէր կարելի,
Մի կրակ էր անմարելի:
Նաժիշտն առավ վարդ դշխուհուն,
Տարավ անտառ, այնպես հեռուն,
Որ աղջիկը ընկավ գլխի,
Արցունք թափեց աղի-լեղի
Ու աղաչեց. «Հույսս, լույսս,
Ի՞նչ եմ արել, անմեղ կույսս.
Դու ինձ խղճա՛, ինձ խնայի՛,
Երբ որ դառնամ ես թագուհի,
Կկատարեմ քո բաղձանքը»:
Նա էլ լսեց աղաչանքը,
Ոչ սպանեց և ոչ կապեց,
Տեղը թողեց, տուն շտապեց:
— Ի՞նչ, — հարցրեց չար թագուհին,—
Որտե՞ղ մնաց քո դշխուհին:
— Խոր անտառում ասեմ ճիշտը,—
Պատասխանեց սև նաժիշտը, —
Ես կապեցի զույգ արմունկից,
Էլ չի պրծնի գայլի ճանկից:
Լավն էլ էն է՝ չտանջըվի,
Խոր անտառում թող ջընջվի:

Լուրը հասավ ողջ աշխարհին,
Թե կորել է վարդ դշխուհին:
Թագավորը մնաց լալեն,
Լալեն, լալեն, մղկտալեն,
Ու պատանի անբախտ փեսեն,
Իշխանազուն էն Եղիսեն,
Միրող սիրտը հա՜ տանջելով,
«Ո՛վ տեր աստված» հա՜ կանչելով՝
Գնաց գտնի նշանածին:
Հիմի գնանք մենք կորածին.
Մաղիկ-մաղիկ մղկտալեն,
Էս կողմ, էն կողմ, վեր, վար տալեն
Մութ անտառը տվեց, անցավ,
Մի դղյակի նա մոտեցավ:
Շունը հաչելով վրա վազեց,
Մոտը գալով ոտը լիզեց.
Թափառական հյուրը չքնաղ
Սրահ մտավ լուռ ու խաղաղ.
Պատշգամբը ելավ վախով,
Դուռը բացեց երկաթ ախով,
Մտավ սենյակ և ոչ մի շունչ,
Չորս պատերը կանգնած են մունջ,
Բայց տախտերին խալ—խալիչա
Եվ հատակին նախշուն քեչա.
Մի անկյունում փայտե սեղան,
Մի անկյունում մեծ վառարան.
Տեսավ կույսը դատարկ տեղ չի
Բարի մարդկանց մոտ չի կորչի.
Ու սենյակից դես-դեն մտավ,
Ցաք ու ցրիվ ինչ որ գտավ,
Սրբեց, մաքրեց ու վեր քաղեց,
Ընկած բանը տեղից կախեց,
Ու սենյակի դուռը ախեց.
Սրբի առաջ վառեց կանթեղ,
Գնաց, մտավ մի ծածուկ տեղ:
Ճաշի ժամին մին էլ ահա,
Բակ լցվեցին յոթն աժդահա,
Յոթով մտան սենյակը այն.
Մեծը ասավ. «Էս ի՞նչ նոր բան.
Ամե՛ն ինչը արդի-կարգի,
Ո՞վ է բերել տունը սարքի,

Ո՞վ ես, ո՞վ չես, առաջ արի,
Տեսնենք՝ չ՞ար ես դու, թե բարի.
Թե մի մարդ ես դու ալևոր՝
Մեր բիձեն ես դու պատվավոր.
Թե պատանի՝ ջիվան-ջահել,
Մեր ախպերն ես ախպոր վայել.
Թե ծեր կին ես՝ մայր եղիր մեզ,
Մեզ էլ որդի արա դու քեզ
Թե աղջիկ ես հուրիկ - բուրիկ,
Եղիր դու մեզ անուշ քուրիկ»:
Եվ դշխուհին երևաց,
Մինչև գետին խոնարհվեց,
Տան տերերին բարևեց,
Վարդի նման կարմրեց.
Ներողություն նա խնդրեց,
Որ անկոչ ու անծանոթ
Հյուր է եկել իրենց մոտ:
Իսկույն խոսքից իմացան՝
Դշխուհի է աղջիկն այն.
Գորգի վրա նստեցրին
Գաթա, գինի հրամցրին.
Թողեց գինին զավաթով
Ու գաթիցը, ամոթով,
Կտրեց կերավ մի պատառ:
Հանգստանալու համար
Յոթն ախպորից հյուրընկալ
Խնդրեց նա մի մահճակալ:
Յոթն ախպորով միասին
Մենյակ տարան հյուր կույսին:
Թողին նրան մեն-մենակ
Քնի իրանց թևի տակ:
Օրերն անցնում են կամաց,
Բայց դշխուհին նշանած
Յոթն ախպրանց դղյակում
Համ ծլում է, համ ծաղկում.
Եղբայրները խմբովի
Լուսաբացին՝ մի քովի
Գնում են միշտ ման գալու,
Վայրի բադեր որսալու,
Կամ թե թաթար փնտրելու
Եվ գլուխը կտրելու,

Հալածելու միասին
Պյատիգորսկի չերքեզին:
Եվ դղյակի տիրուհի
Ինքն է մնում, դշխուհին.
Վառում, եփում, պատրաստում.
Յոթի հետ սեղան նստում
Ու հակառակ չի խոսում,
Ջա՛ն է ասում, ջա՛ն լսում,
Օրերն էդպես են հոսում,
Հեքիաթն էսպես է ասում:
Յոթն ախպերով վարդ կույսին
Սիրեցին. բարիլուսին
Սենյակ մտան միասին.
Մեծը ասավ. «Վարդի բույր,
Անվանել ենք մենք քեզ քույր,
Բայց սիրել ենք քեզ յոթով,
Մեզ մի անի ամոթով.
Դու մի թույլ տա, որ կռվենք,
Պատճառ դառնաս, մենք ցրվենք:
Եղիր մեզնից մեկիս կին,
Մյուսներիս քույր անգին.
Գլուխդ ի՞նչ ես շարժում,
Մի՞թե ինձ ես դու մերժում,
Ընտրիր, ո՞րս է քեզ արժան»:
— Օ՜, դուք քաջեր պատվարժան,
Իմ եղբայրներ սիրասուն,
Ճիշտն եմ, ճիշտը ձեզ ասում.
Աստված պատժի, թե ստեմ,
Տեղիս մեջ ողջ չնստեմ.
Ես աղջիկ եմ հարսնացու,
Ունիմ ես ինձ փեսացու:
Դուք շատ քաջ եք ու խելոք,
Ձեզ սիրում եմ ես ջոկ-ջոկ,
Եղբայրներս եք հարազատ,
Թողեք խոսեմ ես ազատ.
Նշանածս է, ձեզ ասեմ,
Իշխանազուն Եղիսեն»:
Եղբայրները խորհեցին,
Ծոծրակները քորեցին:
«Որ էդպես է, մեզ ներիր,
Քրոջ նման մեզ սիրիր,

Եվ այդ մասին, ասեմ ճիշտ,
Էլ չեմ խոսի ես ընդմիշտ»,
Գլուխ տալով մեծն ասեց:
Կույսը տեղի մեջ խոսեց.
«Հա, չես ուզում, ախպեր ջան,
Քույրդ լինի դավաճան»:
Յոթն ախպերը փեսացու
Թողին աղջիկն հարսնացու,
Սուսիկ-փուսիկ գնացին
Եվ խոսքի տեր մնացին:
Բայց նենգամիտ թագուհին
Չէր մոռացել ցավը հին.
Նա չէր ներում դշխուհուն
Ո՜նց՝ իրանից նա սիրո՜ւն:
Բայց թե էն է ցավալին,
Գնաց գտավ հայելին,
Դրավ առջևն ու նստեց,
Իրան զուգեց, պատրաստեց.
Ժպտաց, ասավ. «Հայելի,
Ասա՜, ասա՜ ինձ էլի,
Ո՞վ է ինձնից ավելի
Արմաղ-շարմաղ, սիրելի»:
— Գեղեցիկ ես, խոսք չկա,
Բայց անտառում մինը կա,
Յոթ ախպրանց դղյակում
Անհայտ ծլում ու ծաղկում:
Նա է քեզնից ավելի
Արմաղ-շարմաղ, սիրելի»:
Ու թագուհին վեր թռավ,
Իր նաժիշտին ձեռք առավ.
— Վստահացար ինձ խաբե՞լ,
Խորթ աղջկաս չկապ՞ել:
Նա էլ պատմեց եղածը.
Թագուհին թե՝ չեղածը
Քո գլուխը կբերեմ.
Քանի ողջ է դշխուհին,
Վայ կտամ քո արևին:
Մատաղ կույսը մի ջերմ օր,
Սպասելով յոթն ախպոր,
Պատուհանում մանում էր.
Էն ինչ դռան մեծ շունն էր

Մաստիկ հաչեց: Դշխուհին
Տեսավ, որ մի ուզվոր կին
Պաշտպանվելով շնիցը,
Ներս է մտնում դռնիցը:
— Ա՜յ շուն, հանգիստ, ի՞նչ է, ի՞նչ.
Սպասիր դու, տատի՜, քիչ.
Կլոեցնեմ ես գժին
Ու կբերեմ քեզ բաժին, —
Գոչեց վերից էն կույսը:
— Իմ զավակը, իմ լույսը,
Շունդ ինչքան կատղած է,
Աղքատ կուզե, որ կծե.
Եկ ինձ մոտ: Կույսն ուզում է
Հաց բերի. շունն հուզվում է.
Պատշգամբին կպչելով,
Ոտքերն ընկած հաչելով,
Թույլ չի տալիս աղջկան
Մոտենալու էն կնկան:
Հենց պառավը դեպ նրան,
Հարձակվում է հա վրան
Էնպես կատղած, գազազած:
— Ես ի՞նչ հրաշք, — կույսն ասաց, —
Էսօր շունը ինչ վատ է,
Կարելի է՝ քնատ է:
Բերեց հացը ցած նետեց,
Շանը մի կերպ խըրտտեց:
Պառավն առավ ու ասաց.
«Աղջիկ, օրհնի քեզ աստված,
Շունը վերև չի թողնի,
Էս խնձորը դու բռնի»:
Ու մի խնձոր մեղրածոր,
Ոսկեզօծած, կարմրավուն,
Վեր է զցում դշխուհուն:
Շունը վերև է զլում,
Կույսը խնձորն է խլում:
«Շան հաչոցը քեզ ի՞նչ փույթ,
Աղավնյա՜կս, անձանձրույթ,
Էդ խնձորը կարմրախետ
Անուշ կանես ճաշից ետ»:
Պառավն ասաց, հեռացավ,
Շունը նորից չարացավ,

Նա վազում է, վազվզում,
Կոնծկոնծում է, մըզմզում,
Մին չոքում է, մին պառկում
Եվ սրտիցը խոր տնքում.
Ասել կուզե դշխուհուն՝
«Դե՛ն շպրտիր»: — Ա՜յ իմ շուն,
Էսօր քեզ ի՞նչ պատահեց, —
Ասավ շանը ու շոյեց:
Հետո մտավ սենյակը,
Դրեց, փակեց դռնակը
Ու սկսեց նա բանել,
Պատուհանում կազ մանել,
Աբրեշումից թել հանել,
Ախպրանց ճամփեն հա պաել,
Ալ խնձորին ծուռ նայել:
Խնձոր, խնձոր, ի՜նչ խնձոր,
Էնքան հյութոտ, մեղրածոր,
Հոտոտ-մոտոտ, թարմ ու նոր
Կարմրաթուշիկ, ոսկեհատ,
Կուտ ու կորիզ՝ նռան հատ,
Երևում են կեղևից,
Նոր է քաղած տերևից:
Կույսը եղավ սրտամաշ,
Չհամբերեց մինչև ճաշ.
Խնձորն առավ նա ձեռքին,
Մոտեցըրեց շրթունքին,
Մի քիչ կծեց ատամով
Ու կուլ տվեց խիստ համով:
Մին էլ հանկարծ իմ կույսը,
Եմ հոգյակը, իմ լույսը,
Անձեն-անձուն, անբարբառ
Փռվեց տեղը շնչասպառ,
Դալար կոներ թափվեցին,
Պայծառ աչքեր փակվեցին,
Ընկավ կույսը նշանած,
Ո՛չ կենդանի, ո՛չ մեռած:
Եղբայրները անտեղյակ
Գալիս էին դեպ դղյակ
Օրվա հաջող թալանից.
Մին էլ շունը տան կողմից
Վրա պրծավ հաչելով,

Ու նորից տուն փախչելով.
Կուզեր ասել՝ շուտ հասեք,
Էլ մի՛, էլ մի՛ սպասեք,
Էն քաջերը՝ վատ նշան
Հաշվելով հաչոցը շան՝
Սլացան ու ներս ը՛նկան՝
«Ա՛խ, վա՛խ»: Շունը բարձրաձայն
Վրա պրծավ, չարացավ,
Խնձոր, կերավ, չորացավ:
Էլ ետ չգա էդ օրը,
Թունավոր էր խնձորը:
Յոթ ախպերը ամենքով,
Հոգու սաստիկ հուզմունքով,
Քրոջ առաջ գլխակախ
Կանգնած էին մտազբաղ,
Ու սրբազան աղոթքով
Բարձրացըրին խնամքով,
Խաս-խաս շորեր հագցըրին,
Հագցըրին ու կապցըրին,
Աղի արցունք մաղեցին,
Նրան թաղել ուզեցին,
Բայց մտքերը փոխեցին:
Խորը քնի թևի տակ,
Ինչպես քնած հրեշտակ,
Կույսը անուշ էր ննջում,
Միայն թե նա չէր շնչում:
Եղբայրները երեք օր
Սուգ նստեցին սգավոր,
Բայց դշխուհին նախ-նախշուն,
Խոպոպները աբրեշում՝
Իր խոր քնից չսթափվեց:
Երեք օրը թամամվեց,
Դրին դագաղ բյուրեղյա
Ու կարդալով «Տեր, ողորմյա»,
Տարան նրան թափուր սար,
Սարի տակին մի խոր այր.
Շղթաներով կախեցին,
Յոթը սյունից մեխեցին,
Շուրջը ճաղեր տնկեցին,
Քրոջ առաջ չոքեցին,
Խոնարհվեցին մինչ գետին:

Խորիրդավոր էդ պահին
Մեծը ասավ. — Այ չքնաղ,
Ջահել մտար դու դազաղ,
Ջոհ գնացիր նախանձին.
Գեղեցկությունդ առանձին
Յոթն ախպորով սիրեցինք,
Բայց քեզ փեսիդ պահեցինք.
Հիմի դու կա՛ց այս վայրում,
Մութ ու մթին այս այրում:
Եվ թագուհին նախանձոտ
Որ տենչում էր մահվան բոթ,
Նորից առավ հայելին,
Իրա միակ սիրելին.
Հարցրեց. — «Ասա՛ հայելի,
Բոլորիցը ավելի
Մի՞թե ես չեմ սիրելի»:
Հայելին, թե՝ «Հա, էլի,
Չկա քեզնից ավելի
Արմաղ—շարմաղ, սիրելի»:
Նշանածին՝ էն փեսեն,
Իշխանազուն Եղիսեն,
Ողջ աշխարհին է ման գալիս,
Ման է գալիս ու լալիս,
Ասեք՝ ո՞ւր է դշխուհիս,
Ասեք՝ ո՞ւր է նշխուհիս:
Ով լսում է, զարմանում,
Որը՝ հայտնի ծիծաղում,
Որը՝ գլուխը կախում,
Ու արևին լույս երես
Դիմեց տղան վերջապես.
«Արև՛, արև՛, արեգա՛կ,
Աշխարհին առած թևիդ տակ,
Կլոր տարին շարունակ
Ման ես գալիս երկնքով.
Բա չի՞ ընկել քո աչքով
Իմ դշխուհին նորահարս,
Ես փեսան եմ անմուրազ:
— Ոչ, չեմ տեսել, պատանի,
Գուցե նա չի կենդանի,
Գուցե... Հարցրու լուսնյակին՝
Տեսե՞լ է քո հոգյակին:

Եղիսեն իր հուշերով
Դիմեց լուսնին գիշերով.
— Լուսի՛ն, լուսի՛ն, լույս երես
Դու ոսկեզօծ եղջյուր ես.
Աչքդ խաժուժ, լուսաէջ,
Դու ծագում ես մթի մեջ,
Քեզ աստղերը սիրելով
Հա մնում են նայելով,
Մ՞իթե խնդիրս ես մերժում՝
Մի տեղ, էս լեն աշխարհում,
Չե՞ս տեսել իմ դշխուհուն,
Նա իմ հարսն է, ես փեսա,
Լուսին, լուսին, դե՛, ասա:
Լուսինն ասավ. — Պատանի,
Ինձնից կարծիք մի՛ տա՛նի,
Գիշերները մութ-մթին,
Ես ծագում եմ իմ հերթին.
Ես չեմ տեսել դշխուհուն,
Գնա, դիմիր դու քամուն,
Գուցե նա քեզ ճար անի.
Գնաս բարով, մի՛ կանգնի:
Քամուն դիմեց Եղիսեն.
— Կանգնի, քամի, քեզ ասեմ.
Քամի, քամի կորովի,
Հալածում ես խմբովին
Էն երկնքի ամպերը,
Հուզում, դիզում ծովերը,
Ու քո անուշ հովերը
Տարածում ես անսահման.
Դու հզոր ես անպայման,
Դու չես վախում ոչ ոքից,
Բացի, բացի էն Մեկից.
Մ՞իթե խնդիրս ես մերժում,
Մի տեղ, էս լեն աշխարհում,
Չե՞ս տեսել իմ դշխուհուն,
Նա իմ հարսն է, ես փեսա...
Քամին ասավ. — Ես տեսա.
Գետից վերն կա մի սար,
Էն սարումը մի խոր այր,
Էն այրումը՝ խավարում
Մի դագաղ է օրորվում.

Շղթաներով է կախած,
Ցոթը սյունից է մեխած:
Քամին բացեց իր թևը.
Տղան՝ առավ սուզ սևը,
Լալով գնաց հեռացավ,
Թափուր սարին մոտեցավ.
Սարի շուրջը՝ դատարկ վայր,
Սարի տակը՝ մի խոր այր:
Գնաց, գնաց մութ անցքով,
Գնաց տխուր հայացքով,
Գնաց, գտավ մի դագաղ,
Շղթաներով վերից կախ,
Միջին պառկած է անշունչ
Իր դշխուհին՝ վարդի փունջ:
Վայը տալով իր գլխին,
Վազեց, կպավ դագաղին,
Եվ դագաղը բյուրեղից
Փշրվեց՝ ու իր տեղից
Կույսը զարթնեց զարմացած,
Շուրջը նայեց ու ասաց.
— Ա՜խ էսքան էլ մարդ քնի,
Իր գլուխը վեր դնի...
Վեր բարձրացավ դագաղից
Եվ ի՜նչ տեսավ էնտեղից.
Վայ, երազ է, մուրազ է,
Ու լաց եղան երկուսով,
Այրից ելան ու լուսով,
Հեռու ծայրից աշխարհքի,
Ուրախ, զվարթ, ձեռք-ձեռքի,
Սարեր, ձորեր շրջելով,
Անուշ, անուշ զրուցելով,
Ինչպես երկու աղունիկ
Եկան հասան արքունիք:
Լուրը հասավ աշխարհին՝
Կենդանի է դշխուհին:
Հենց էն պահին թագուհին
Էլի առած հայելին,
Հետը անուշ խոսում էր,
Ծռմռվելով ասում էր—
— Ո՞վ կա ինձնից ավելի
Արմաղ-շարմաղ, սիրելի:

— Դու չքնաղ ես, խոսք չկա,
Խորթ աղջիկդ, էն որ կա,
Նա է քեզնից ավելի
Արմաղ-շարմաղ, սիրելի,
Նորից հուզվեց թագուհին.
Տվեց փշրեց հայելին,
Դռնից ուղիղ դուրս թռավ,
Խորթ աղջկան պատահավ,
Միրտը ճաքեց ու մեռավ:
Հենց որ նրան հողեցին,
Խորը, խորը թաղեցին,
Սկսեցին հարսանիք.
Երկու ջահել՝ ջան-ջանիկ
Պսակվեցին մուրազով.
Դեռ աշխարհը երազով
Էդպես խնջույք չէր տեսել,
Ես էլ առա մեծ հաճույք,
Էնքան գինի կոնծեցի,
Լոկ բեղերս թրջեցի:

ՔՆԱԾ ԱՐՔԱՅԱԴՈՒՍՏՐԸ

(Փոխադր. Վ. Ժուկովսկու հեքիաթից)

Անցած բան է և շատ էլ հին, —
Թագավորն ու իր թագուհին
Ապրում էին հաշտ ու սիրով,
Բայց խնդացել չէին որդով:
Մի օր դաշտում, առվի ափին,
Որդու կարոտ էն թագուհին
Դառը-դառը լաց էր լինում,
Արցունք թափում, որդի ուզում:
Մին էլ, ըիը, մի խեցգետին
Երևում է առվի ափին
Ու ասում է. — «Իմ թագուհի,
Խղճում եմ քեզ, դու մի տխրի,
Կըգա օրը էն ցանկալի,

Քեզ մի չքնաղ աղջիկ կըլնի»:
— Գոհ եմ, գոհ եմ ես խեցգետնից.
Դու խոսում ես հենց իմ սրտից:
Բայց խեցգետինն արդեն ջրում
Մեր թագուհուն էլ չէր լսում:
Մարգարե էր էն կենդանին,
Ասածն եղավ ժամանակին.
Աղջիկ եղավ մեր թագուհուն,
Էնպես թութուշ, էնպես սիրուն,
Որ չուտեիր, չըխմեիր,
Միայն նրան հ՜ա նայեիր,
Ահա բարի հայրիկ արքան
Քեֆ է սարքում ճոխ ու փարթամ.
Կախարդ կանանց տասնըմեկին
Նա կանչում է էն խնջույքին,
Նա խառնում է իր հաշիվը,
Տասներկուս էր կանանց թիվը:
Վերջին մեկը, կաղ ու պառավ,
Որ չկանչվեց, սրտին առավ:
Պատճառ ուներ չըկանչելը,
Որ չըկտրենք խոսքի թելը՝
Պետք է ասենք, հայրիկ արքան
Տասներկու հատ ուներ աման,
Դեղին ոսկուց, իրար նման:
Ճաշն եփելիս ընկան իրար,
Ամաններից մեկը չկար:
Ո՞վ էր տարել էն ամանը,
Գաղտնիք մնաց մեզ էդ բանը:
— Է, ի՞նչ անեմ, — ասավ արքան,
Էլ չըկանչեց կախարդ կնկան:
Ու հյուրերը հավաքվեցին,
Նստան, կերան ու խմեցին,
Ճոխ սեղանից գոհանալով,
Հայր արքային գլուխ տալով,
Հանդիսավոր կերպով նրանք
Նորամանկան տվին օրհնանք.
— Ոսկի լինի հագիդ զգեստ,
Լինիս չքնաղ, լինիս համեստ,
Ուրախություն քեզ անպակաս,
Ամեն աչքի քաղցր թվաս.
Այն փեսացուն, որ կտան քեզ,

Լինի առողջ, սիրունատես,
Ամեն ծանոթ ու ազգական
Քո գլխովը թող պտույտ գան:
Էսպես ահա տասը կանայք,
Նորամանկան տալով օրհնանք,
Ամեն մեկը ջոկ, առանձին,
Թողին պալատն ու գնացին:
Հերթը հասավ մնացորդին.
Դեռ բան չասած՝ տեսավ կաղին,
Որ կանգնած է մանկան վերև,
Ինքն այլանդակ, շորերը սև:
— Ես խնջույքին ներկա չեղա,
Բայց իմ ընծաս, աղջիկ, ահա:
Երբ տասնվեց գարունդ անցնի,
Թող քեզ էսպես փորձանք հասնի.
Մանած մանող թեշկի կեռը
Պետք է ծակի քո մի ձեռը.
Այ իմ չքնաղ, ձեռքիդ վերքից
Մեռնես, գնաս լույս աշխարհքից:
Անիծելով կախարդն էսպես,
Անհայտացավ, եղավ անտես:
Իսկույն խոսեց մյուս կախարդը.
Ասավ. «Հիմի իմն է հերթը.
Թող մանկիկը ոչ թե մեռնի՝
Երեք հարյուր տարի քնի.
Ժամանակը որ լրանա,
Քնած տեղից թող վեր կենա,
Թող տեր դառնա որդու, թոռի,
Թող ծերանա, հետո մեռնի»:
Ասավ, գնաց: Արքան տխրեց,
Էլ ոչ կերավ, էլ ոչ քնեց.
Է, ի՞նչ աներ, որ խեղճ մանկան
Բաժին չաներ անգութ մահվան.
Նա մտածեց այսպես մի բան
Ու արձակեց խիստ հրաման.
— Ձեզ եմ ասում, մարդիկ, զգույշ.
Էլ չըցանեք կանեփ ու վուշ.
Թեշիկ, իլիկ ասած բանը
Թող չըճարվի մեկի տանը.
Երկաթ սանդերք, վըշի ջահրեն
Թող դուրս քշվեն իմ լայն երկրեն: —

Երկրին տալով այդ օրենքը
Կերավ, քնեց արքան ինքը:
Մեծանում է էն աղջիկը,
Ինչպես հոտոտ վարդ ծաղիկը:
Տասնհինգը անցավ անհետ,
Ի՞նչ կլինի դրանից ետ,
Մի օր արքան ու թագուհին
Աղջկանը տանը թողին,
Դաշտ գնացին զբոսնելու
Ու խոստացան շուտ ետ գալու:
Բայց աղջիկն էր խիստ ձանձրացավ
Եվ մտքիցը այ ինչ անցավ.
«Լավ է, գնամ ես էս անգամ
Մեր պալատը մի լավ ման գամ»:
Մտավ պալատ բազմանկար,
Սենյակներին համրանք չըկար.
Մի սանդուղք կար բազմաստիճան,
Էդ սանդուղքով գնաց անձայն,
Գնաց ու մի սենյակ մտավ,
Էնտեղ մի ծեր կնիկ գտավ:
Մի կողմ դրած նա սանդերքը,
Վուշ էր մանում, երգում երգը.
— Մանիր, ման տուր, իմ թեշիկ,
Չըկտրվես, իմ վըշիկ:
Կըսպասեի ես հյուրի,
Եկավ հյուրը ցանկալի.
Հուրիկ-բուրիկ,
Հյուր աղջիկ,
Վարդի փընջիկ,
Ջան աղջիկ.
Կուզեմ կծկեմ մանածս,
Կիսատ մնաց հինածս,
Բռնիր իլկիս կեռիցը,
Որ ազատվեմ բեռիցս
Դեհ, շուտ արա, բալիկս,
Տես, ինչ ծանր է իլիկս:
Հյուրը բռնեց կեռիցը.
Վիրավորվեց ձեռիցը.
Վիրավորվեց ու ընկավ,
Վրան խորը քուն եկավ:
Եվ ընդգրկեց խոր քունը

Արքայական ողջ տունը,
Ինչ կար, չկար լռեց հանկարծ
Արքան դաշտից ետ դառած
Թագուհու հետ թևանցուկ
Պալատում անձեն-անձուկ
Սանդուղքի մոտ փռվեցին,
Խորը-խորը քնեցին:
Շքախումբը քնեց նույնպես,
Պահակ խումբը՝ մեռածի պես,
Պատին ճանճերը թմրեցին,
Բակի շները քնեցին,
Գլուխները գոմում կախած,
Թավ բաշերը ցրիվ տված,
Էն ձիերն էլ կեր չեն ուտում,
Կանգնած քնել են տեղերում:
Խոհարարը կրակի մոտ
Շունչ է քաշում խռպոտ, խռպոտ,
Բարկ կրակն էլ կաս-կարմրած
Քնած բոցով վերն է կանգնած.
Եվ կրակի ծուխը բոլոր
Չի բարձրանում ոլոր-մոլոր.
Ապարանքը շրջակայքով
Բռնվել է մի խոր քնով:
Շրջակայքին պատեց անտառ,
Անտառին էլ փշե պատվար.
Մեծ պատվարն է դարձել արգելք
Որ պալատում չկա մուտք, ելք:
Նրան ոչ ոք չի մոտենա,
Գիտե որ ողջ ետ չի դառնա.
Թռչունն անգամ մոտ չի թռչում,
Գազանն ահից հեռու փախչում,
Ամպերն անգամ չեն երևում
Մութ ու մթին թավ անտառում,
Եղած բան չէր գոնե մին-մին,
Էնտեղ փչեր ազատ քամին:
Անցավ դարը դանդաղահոս.
Արքան՝ անունը Մատթեոս,
Մարդկանց մտքից քիչ-քիչ ելավ
Եվ համարյա մոռացվեցավ:
Բայց մի բան կար չմոռացված.
Անտառի մեջ պալատ կանգնած,

Գեղեցկուհին միջին քնած:
Ջահել տղերք, ժիր, համարձակ,
Սրտերի մեջ հուր ու կայծակ,
Մրցում էին միմյանց հետ:
Ու սլանում ինչպես մի նետ
Էն անտառը կախարդական,
Որ աղջկան քնից ձեն տան:
Գնացողը ետ չէր գալի,
Իզիթ տղերք, ձեզ ողորմի:
Երեք հարյուր տարին անցավ,
Քնի ժամը հա լրացավ:
Եվ ահա ինչ: Գարնան մի օր,
Իր խմբովը հանդիսավոր
Մի արքայազն գնաց որսի:
Ինչպես եղավ, դու մի ասի,
Ընկերներից նա ետ մնաց
Եվ ուղղակի անտառ գնաց:
Էն անտառը մթին, խավար,
Մութ անտառին փշե պատվար,
Պատվարի տակ մի ծերուկ մարդ,
Ծերուկ մարդը ուրախ, զվարթ:
Դիմեց ծերին, ասավ, պապի,
Էս անտառից ինձ բան պատմի:
Ծերունին էլ սիրահոժար
Պատմեց նրան ինչ կար, չկար:
Արքայազնը ջահել-ջիվան,
Մի աներկյուղ քաջի նման,
Իր լսածից բորբոքվելով
Տակի ձիուն խթանվելով,
Ելավ ընկավ խիտ անտառը:
Բայց ի՞նչ. փշե էն պատվարը
Դարձավ կանաչ, մատաղ մերին,
Ծառ ու ծաղկունք, վարդեր գրկին:
Մեր իգիթին ճամփա տալով,
Հա կրկնում էր. «Բարով, բարով»,
Նա պատվարից անտառ մտավ,
Ուր ամեն ինչ թարմ էր ու թավ.
Թիթեռները ծաղկանց վրա,
Նուրբ թևերով ճիշտ բեհեզյա
Հուրհուրում են ու թըրթըռում.
Գետակները՝ մեղմիկ, սիրուն,

Կռհակ, կռհակ ու ոլորուն
Քըչփըչում են ու փըրփըրում.
Միրուն հավքեր երգ են երգում
Ու ճյուղքից ճյուղք հա՛ թռչկոտում:
Քամին չկա իրա սազով
Եվ անտառն է խաղաղ ու զով.
Եվ գնալով առաջ էդպես,
Հասավ պալատ նա վերջապես:
Բայց ինչ պալատ, մի հրաշալիք,
Հին դարերի թողած գաղտնիք,
Եվ պալատի մեծ դուռն է բաց,
Բակի միջին մարդիկ քնած,
Մեկը անշարժ տեղը կանգնած,
Մի ուրիշի բերանն է բաց.
Նա իր խոսքը դեռ չավարտած,
Լեզուն բերնի մեջը սառած:
Արմանալով, զարմանալով,
Եվ բակիցը պալատ գալով,
Քնած գտավ նա սանդուղքին
Թագուհու հետ՝ թագավորին:
Քայլեց անցավ քնածներից
Ու վեր ելավ մեծ սանդուղքից.
Էս կողմ ընկավ, էն կողմ ընկավ,
Ողջ պալատը նա ման եկավ,
Շուրջը բոլոր քունն է տիրել,
Մեռելության կնիք դրել:
Բայց դռնովը նա մեն-մենակ
Վերջը մտավ մի նոր սենյակ.
Սենյակումը մի բարձր սյուն,
Սյան բոլորը՝ սանդուղք սիրուն.
Էն սանդուղքով ոլ-ոլորուն
Վերև գնաց թեթև - թեթև
Եվ ի՞նչ տեսավ այնուհետև:
Գեղեցկուհին քնած մուշ-մուշ,
Մանկան նման շունչը անուշ.
Կարմրել է վարդի նման,
Ցող քրտինքը ճակտի վրան:
Թուխ մազերի թավ խուճուճը
Թափթըփվել է ճակտի շուրջը.
Երկնի կամար, աղեղ ունքեր,
Գիշերվա պես սևիկ աչքեր,

Ու բյուրեղյա նուրբ իրանը
Ծածկել է զառ պատմուճանը:
Ձյունից սպիտակ կուրծքը հն-հն
Ելնէջներ ունի թեթև.
Շրթունքները՝ վարդի թերթեր,
Կրծքի վրա՝ սպիտակ ձեռներ.
Մանրիկ -մանրիկ ոտիկները
Սեղմել են նուրբ կոշիկները:
Գեղեցկության առաջ կանգնած,
Էնպես էրված, էնպես գերված,
Արքայազնը, մի բուռը հուր,
Հրի միջին անճար, անջուր,
Գետին չոքեց, չհամբերեց,
Քնած աստղին մի համբուրեց:
Զարթնեց աղջիկն իսկույն նեթ
Ու պալատը հենց նրա հետ:
Նորից աղմուկ, նորից շարժում.
Հայրիկ արքան մայր թագուհուն
Սանդուղքովը վեր է տանում,
Ման գալուց են վերադառնում,
Շքախումբը իրա կարգին
Հետևում է թագավորին:
Ճանճեր, շներ, թռչում, հաչում,
Քանի գնում՝ աղմուկն աճում,
Գոմում զարթնած էն ձիերը
Նորից ուտում իրանց կերը.
Խոհարարը հուրն է փչում
Ու օդի մեջ ծուխը կորչում:
Ձեռքից բռնեց գեղեցկուհին,
Ներքն բերեց անգին հյուրին:
Ծնողները դեմ վազեցին,
Երկուսին էլ փաթաթվեցին:
Էլ ի՞նչ մնաց մեզ պատմելու,
Մեր հեքիաթը վերջացնելու:
Մեծ հարսանիք ու կերուխում:
Ես էլ եղա հարսանիքում.
Լավ քեֆ արի, լավ ապրեցի,
Էնքան գինի ես կոնծեցի,
Բայց մի պուտ էլ կուլ չգնաց
Բուկըս չոր էր, չոր էլ մնաց:

ԼԵԳԵՆԴՆԵՐ ԵՎ ԱՎԱՆԴՈՒԹՅՈՒՆՆԵՐ

ԲԱՆԱՍՏԵՂԾԻ ՎԱՐԴԵՐԸ

Վեց հարյուր տարի սրանից առաջ Պարսկաստանի բանաստեղծ Հաֆիզի փառքը ղողղացնում էր ամբողջ Ասիան: Ջահել թե ահել, հարուստ թե աղքատ՝ բոլորը հիացած էին նրա բանաստեղծություններով: Մինչև անգամ աշխարհի կեսը նվաճող Լանկթամուրը հավանել էր Հաֆիզին: Նա ժամանակ առ ժամանակ ասել էր տալիս Հաֆիզի բանաստեղծություններից և մի անգամ, ինչպես պատմում են, ասաց.

— Ես շատ կուզեի տեսնել այդ Հաֆիզին:

Այդ խոսքերն ամենամեծ գովասանքն էին համարվում Հաֆիզի համար, որովհետև նրանց արտասանողն էր Լանկթամուրը, որ իր անցած ճանապարհը կրակի պես այրել խանձել էր, ամեն տեղ մահ էր սփռել, ամեն ինչ ոչնչացրել, ավերակ էր դարձրել: Սակայն Հաֆիզին չէր հպարտացնում իր փառքը: Նա ապրում էր մի փոքրիկ տան մեջ Պարսկաստանի Շիրազ քաղաքում, որ կոչվում էր Պարսկաստանի վարդ, որովհետև, ինչպես որ վարդը բոլոր ծաղիկներից գեղեցիկ է, այնպես էլ Շիրազը Պարսկաստանի քաղաքներից ամենալավն էր: Բանաստեծի բնակարանը շատ փոքր էր, ուներ միայն երկու լուսամուտ և մի փոքրիկ դուռ: Սենյակում կային երկու բազկաթոռ և մի սեղան: Հաֆիզը զարդարանք չէր սիրում: Տան արևելյան պատի երկարությամբ վարդի թփեր կային տնկած, որոնք ամբողջ տարին վարդեր էին տալիս:

Հաֆիզն ինքն էր խնամում այդ վարդերը, անվանելով նրանց իր միակ ուրախությունը և հարստությունը:

Մի անգամ լուսաբացին, երբ թռչունները նոր էին, սկսել երգել, Հաֆիզը վեր կացավ անկողնից, որպեսզի գիշերվա մտածած բանաստեղծությունը գրի առնի, հանկարծ պատի հետևից լսեց ոտների ձայն. լուսամատից նայեց և տեսավ, որ մի աղջիկ քաղում է իր վարդերը: Աղջիկը աղքատ էր հագնված, բայց ծածկոցի տակից երևում էր մի գեղեցիկ դեմք՝ կենդանի և արտահայտիչ աչքերով:

Աղջիկը հազիվ լիներ տասը-տասներկու տարեկան: Նա շտապով վարդերից մի փունջ կապեց և թողեց-փախավ: Հաֆիզի զարմանքին և բարկությանը սահման չկար: Բայց ոչինչ չէր կարելի անել. աղջիկը արդեն ծածկվել էր աչքից: Հաֆիզը վեր առավ մագաղաթը, որպեսզի բանաստեղծություն գրե, սակայն բարկության ժամանակ մոռացել էր այն: Մի քանի րոպե նա նստեց՝ սպասելով ոգևորության և ահա թե ինչ գրեց.

«Թո՛ղ վարդը իր թփին: Եթե քաղվի՝ նա կմեռնի, և դու չես տեսնի նրա գեղեցկությունը և հոտը չես առնի: Թո՛ղ վարդը իր թփին: Մի՞թե դու չես կարող չքաղած հիանալ նրանով: Թո՛ղ վարդը իր թփին: Եթե չքաղես նրան, քեզ համար կասեն՝ դու իմաստուն ես, դու գթությամբ լցված ես. իսկ եթե քաղես, կասեն, որ քո ձեռքերը վայրագ են, քո սիրտը անողորմ: Թո՛ղ վարդը իր թփին»:

Մյուս առավոտ Հաֆիզը դարձյալ սպասում էր աղջկան, և նա իրեն սպասեցնել չտվեց. եկավ, ինչպես երեկ, լցրեց իր զամբյուղը վարդով և իսկույն հեռացավ: Հաֆիզը վեր առավ իր գավազանը և հետևեց աղջկան: Մի քանի փողոց անցնելուց հետո նրանք երկուսով դուրս եկան մի հրապարակ, որտեղ և շուկան էր: Այստեղ խռնվել էր շատ ժողովուրդ: Աղջիկը մոտենալով մի լավ հագնված կնոջ՝ առաջարկեց մի փունջ վարդ: «Գնեցեք այս վարդերը, սրանք ձեզ պես գեղեցիկ են»: Կինը վերցրեց փունջը և գնից հինգ անգամ ավելի վճարեց:

«Տեսնենք այս փոքրիկ գողը փողերն ի՞նչ է անելու»,— ասաց իր մտքում Հաֆիզը:

Աղջիկը մտավ մի վաճառականի խանութ և այնտեղից միքանի արշին կտոր առավ: «Հա, սա պճնվել է սիրում», — փնթփնթաց ծեր բանաստեղծը: Իսկ աղջիկը մտել էր արդեն մի ուրիշ խանութ, որտեղ միայն ուտելիքներ էին ծախում: «Ո՛չ, սա բկլիկի մեկն է», — մտածեց Հաֆիզը: Աղջիկը Գնեց մի քանի լավաշ, մի տապակած աղավնի և շտապով դուրս եկավ շուկայից: Դուրս գալով շուկայից, մտավ մի մութ ծուռումուռ փողոց և կանգնելով մի ողորմելի կիսավեր տնակի առաջ՝ դուռը բանալ տվեց և ներս գնաց: Պատի ճեղքից բանաստեղծը տեսավ մի տխուր տեսարան: Անկյունում, խոտի վրա նստեք էր մի պառավ կին: Նրա շորի կարկատանները կարծես թափվում էին վրայից: Հաֆիզը տեսավ, որ այդտեղ թշվառության և վշտի բնակարան է: Աղջիկը նստեց պառավի մոտ:

— Ես քեզ համար հաց և միս եմ բերել, — ասաց ցածր ձայնով աղջիկը, — կե՛ր, կազդուրվիր. ապա հանիր վրայիցդ քո հին շորերը, ես քեզ համար նորն եմ բերել:

Աղջիկը տանից դուրս եկավ թե չէ, Հաֆիզը նրան կանգնեցրեց և քաղցրությամբ հարցրեց.

— Անունդ ի՞նչ է, փոքրիկ:

— Դոնիա:

— Այդ քո մա՞յրն է:

— Ոչ:

— Քո տա՞տն է:

— Ոչ, ես այդ պառավին երեք օր է, որ ճանաչում եմ. Ես այսքանը

գիտեմ, որ նա հիվանդ է և քաղցածությունից համարյա թե մեռնում է. ահա երկու օր է, որ ես նրան օգնում եմ:

— Դու ի՞նքդ էլ ես աղքատ:

— Ես ոչինչ չունեմ, ազգական մինչև անգամ չունեմ. ես ծառայում եմ մի պարանագործի մոտ:

— Բայց դու աղքատներին օգնելու փող որտեղից ես ճարում:

Աղջիկը շփոթվեց և կարմրեց:

— Ինձ համար շատ անհարմար է այդ մասին խոսելը. ես վարդ գողացա և ծախեցի: Ես շատ լավ գիտեմ, որ գողությունը լավ բան չէ, բայց ուզում էի անպատճառ օգնել թշվառ պառավին: Շատ կարելի է, որ իմ գողացած ծաղիկների տերը ինձ ների:

— Այդ ծաղիկները իմս են, — ասաց Հաֆիզը:

Դոնիան վախեցած ուզում էր փախչել, բայց Հաֆիզը նրան պահեց: Նա ասաց աղջկան, որ ներում է նրան և ձեռքից բռնելով բերեց իր տուն: Բանաստեղծը որդեգրեց փոքրիկ Դոնիային: Նրանք միասին ապրեցին մի տան մեջ: Բանաստեղծը կարդում էր իր բանաստեղծությունները, իսկ Դոնիան ագահությամբ լսում էր և բոլորը շուտով բերանացի սովորեց:

Հանկարծ մի սարսափելի լուր տարածվեց Պարսկաստանում: Դաժան Լանկթամուրը մեծաքանակ զորքով գալիս էր Շիրազի վրա, և գեղեցիկ քաղաքին սպասում էր դառը վիճակ: Դիմադրել ոչ ոքի մտքից չէր անցնում: Շիրազեցիք մահվան էին պատրաստվում: Լանկթամարը եկավ և կանգ առավ քաղաքի պարիսպների տակ: Բոլոր քաղաքացիք դիմավորելու դուրս եկան, որպեսզի փրկություն խնդրեն: Մի կողմում կանգնել էին թաթարական մեծաքանակ զորախմբերը, իսկ մյուս կողմում՝ շիրազեցիք:

Նրանց առաջին, իր ձիու վրա, հպարտ նստել էր Լանկթամուրը: Առաջ եկան անվանի քաղաքացիք և խնդրեցին Լանկթամուրին՝ խնայել քաղաքը, հարկ վերցնել, ինչքան իր ցանկությունն է: Լանկթամուրը բարկությամբ խփեց իր սուրը քարին, որ ընկած էր ձիու ոտների առաջ և ասաց.

— Ինչպես այս քարը՝ ես խուլ եմ դեպի ձեր խնդրիքը, — և դառնալով դեպի զորքը, ուզում էր քաղաքը քանդելու հրաման արձակել: Հենց այդ րոպեին Դոնիան շշնջաց Հաֆիզին.

— Հայրի՛կ, աղաչիր սրան, գուցե մեղմանա:

Հաֆիզը և աղջիկը առաջ եկան:

— Ով է այդ ծերունին, — ահեղաբար հարցրեց Լանկթամուրը:

— Այդ Հաֆիզն է, — պատասխանեց Դոնիան:

Լանկթամուրի դեմքը մեղմացավ: Նրա աչքերն այնպես սպառնալի չէին: Տիրեց մի րոպեաչափ ծանր լռություն: Վերջապես Լանկթամուրն ասաց.

— Հաֆի՛զ, ես վաղուց էի ուզում քեզ տեսնել: Ամբողջ աշխարհում ես և դու ենք մեծ. դու քո բանաստեղծություններով, ես իմ հաղթություններով: Մի բան կարդա ինձ համար:

Այլայլված բանաստեղծը չէր իմանում ինչ ընտրեր: Այդ ժամանակ Դոնիան շշնջաց.

— Թող վարդը իր թփին...

Հաֆիզը հասկացավ աղջկա միտքը, արիացավ և սկսեց.

«Թող վարդը իր թփին: Եթե քաղվի՝ նա կմեռնի, և դու չես տեսնի նրա գեղեցկությունը և հոտը չես առնի: Թո՜ղ վարդը իր թփին: Մի՞թե դու չես կարող չքաղած հիանալ նրանով: Թո՜ղ վարդը իր թփին: Եթե չքաղես՝ քեզ համար կասեն, որ դու իմաստուն ես, դու ողորմած ես: Բայց եթե քաղես՝ կասեն, որ քո ձեռները վայրագ են և քո սիրտը անողորմ: Թո՜ղ վարդը իր թփին»:

Բանաստեղծը լռեց...

— Քո բանաստեղծությունը ինձ դուր է գալիս, Հաֆիզ,—ասաց Լանկթամուրը: — Բայց քո խորհուրդը ինձ համար չէ, ես նրանցից չեմ, որոնք բավականության համար են վարդ քաղում:

Հաֆիզը բարձրացրեց ձեռքը և ցույց տալով դեպի Շիրազը, ասաց.

— Հիշի՜ր, հաղթո՜ղ, որ այս քաղաքը Պարսկաստանի վարդն է:

Լանկթամուրը շրթունքները կծեց, նա սկզբում գրգռված էր երևում, բայց մի քիչ մտածելուց հետո ձայն տվեց իր զորքին,—Մնացե՜ք այստեղ, գիշերեցե՜ք քաղաքի պատերի տակ:

Զորքը քաղաք չմտավ:

Լանկթամուրը միայն ինքը մտավ քաղաք և քաղաքն առավ իր հպատակության տակ:

Շիրազը մնաց անվնաս:

ԻՆՉԻՑ Է, ՈՐ ԽԵՑԻՔԸ ԱՂՄԿՈՒՄ ԵՆ

Ծովային արքան՝ հզոր Նեպտունը
Ծովի հատակում ունի իր տունը:
Ողջը բյուրեղյա, ճոխ այգիները
Գրկել են նրա շեն պալատները.
Շեն պալատները ճոխ են և հարուստ:
Պատերը խեցի, նախշերը զուտ բուստ,
Մարգարիտները երկար հյուսերով
Ներսից կախված են պես-պես ձևերով,
Փայլուն ձկները՝ պահապան դռան,

Գիշեր ու ցերեկ հսկում են վրան:
Ծովի իշխողին անթիվ աղջիկներ՝
Գողտրիկ, նազելի հավերժահարսներ
Եվ ծառայում են, և զբաղեցնում,
Հազար տեսակի երգում ու պարում.
Արքայի աչքից ոչինչ չի փախչում,
Նա հանգիստ չունի և չի էլ ննջում.
Նա հետևում է ձկների լողին,
Եվ հրեշների այլանդակ խաղին.
Նաև տեսնում է, ինչպես հավքերը
Ջրի մեջ փռած ջարդված թևերը
Գոռ ալիքների կամ քամու ձեռից
Իջնում են անդունդ ծովի երեսից:
Երբեմն էլ արքան հեծնում է իր ձին՝
Ճեպընթաց ձուկը, ծովային Դելֆին,
Գնում շրջելու իր տերությունը,
Տեսնել ու զգալ իր մեծությունը:
Այս մի անգամը արքան դուրս գնաց
Եվ մի երկու օր ուրիշ տեղ մնաց.
Մի չքնաղ աղջիկ մոտեցավ պատին,
Այնտեղից պոկեց գույնզգույն խեցին.
Կապեց մազերից, իրեն զարդարեց,
Շատ ուրախացավ, շատ երգեց, պարեց:
Հզոր Նեպտունը տուն վերադարձավ
Տեսավ կորուստը և շատ բարկացավ.
— Ո՞վ է գողացել թանկագին խեցիս,
Ամբողջ աշխարհում միակ սիրելիս.
Թող կորչի գողն այս իմ տերությունից,
Աչքիս՝ չերևա հենց այսօրվանից:
— Այդ ես եմ վերցրեք քո խեցին, արքա
Մի՞թե իմ մեղքին թողություն չկա,
Չգիտությամբ եմ արել սխալը,
Ինձ խիստ գրավեց այն խեցու փայլը.
Ների՛ր ինձ, արքա, ինձ մի աքսորիր,
Մի հանիր ծովից, գահիդ մոտ պահիր:
Հավերժահարսը խնդրում էր լալիս,
Արքայի խեցին իրեն էր տալիս,
Նեպտունը տեսավ անկեղծ զղջումը
Եվ մինչև անգամ խղճաց մտքումը,
Սակայն չլսեց թշվառ աղջկան.
Միայն թե խեցին պարգևեց նրան:

Հավերժահարսը նորից աղաչեց.
Ընկավ ոտները, ծնկները պաչեց.
— Օ՛, հզոր արքա՛, կարոտից, վշտից.
Անշուշտ կմեռնեմ, երբ զրկվեմ ծովից,
Ծովի շաչյունը, ծովի ծփանքը
Կազմել են կյանքիս քաղցր պատրանքը:
Օրոր են ասել ինձ օրորոցում,
Ու քուն են դրել ջրերի ծոցում.
Հիմա եթե դու ինձ չես խնայում,
Քեզանից միայն ես այս եմ խնդրում.
Ծովի շաչյունը տուր ինձ հիշատակ,
Որ շոյե հոգիս ամեն ժամանակ,
Ուր էլ որ գնամ, որտեղ էլ լինեմ,
Իմ սիրած ծովի կարոտս առնեմ:
— Լավ, — ասաց արքան, — տուր ինձ այդ խեցին.
Խեցին վեր առավ, դրեց բերանին.
— Ծովի ծփանքը, ծովի շաչյունը
Հենց այսօրվանից պահպանիր քո մեջ.
Բոլոր խեցիքը թող այդպես անեն,
Եթե ցամաքի վրա պատահեն.
Խեցիի անցքից փչեց Նեպտունը,
Լցնելով մեջը ծովի շաչյունը:
Ապա ետ տվեց խեցին աղջկան
Ու հրամայեց աքսորել նրան:
Ընկերուհիներն արտաքսված կույսին
Տարան ու թողին ծովի երեսին.
Գոռ ալիքները գնացին-եկան
Հավերժահարսի ետնից ընկան.
Թե որտե՞ղ մնաց այնուհետև նա,
Այդ մինչև այսօր գաղտնիք կմնա:
Բայց դատարկ խեցին, որտեղ էլ լինի
Մարդ որ վեր առնի, ականջին դնի,
Անշուշտ կլսե ծովի շառաչյուն,
Գոռ ալիքների աղմուկ ու գոչյուն:

ԿՐԻԱՆ

— Գիտե՞ս այնպես մի կենդանի,
Որ իր տունը մեջքին տանի:
— Գիտեմ, այո՛, դա կրիան է:
— Թե որ գիտես, էդ ի՞նչ բան է:
Իսկույն ասեմ, դու իմացի:
Կրիան ուներ մի դրացի,
Խիստ շատախոս ու կռվարար,
Խեղճ կրիային շան օր կըտար:
Մի օր կրիան ճարահատած
Հայր Աստըծուն գանգատ գնաց:
Ասավ. «Մեռնեմ, հա՛յր, քո աչքին,
Իմ տունը դիր էս իմ մեջքին,
Որ ինձ իսկի մոտիկ ու կից
Էլ չունենամ ես վատ դրկից,
Որ ամեն օր քանի-քանի
Ուշունցներով հոգիս հանիս»:
Հայր Աստվածն էլ ասավ.—«Բարի
Տունդ մեջքիդ միշտ ման արի»:

ԱՐԾՎԻ ԺԱՅՌԸ

Կովկասյան ավանդություն
Ասես երկնքից կախված է ժայռը,
տակը մութ-մութ մի անտակ անդունդ,
ծխում է այնտեղ մուժ ու մառախուղ,
հեղեղն է կրծում քար ու քարափներ,
շաչում, շառաչում, թշշում ու վշշում,
արձագանքում են այրեր, խոռոչներ:
Կախված է այդպես ժայռը դարերով,
ամպին հարևան, ամպերի միջին.
Շուրջը անապատ, շուրջը դիք ժայռեր,
մարդու հոտ չըկա, մարդու ոտ չըկա
և ոչ մի նշան մարդկային կյանքի:
Ճանապարհ չկա ու վերելք չըկա.

հավքը իր թևով, օձը իր պորտով
այնտեղ չի հասնի, այնտեղ չի սողա։
Ու հարյուր տարին ժայռը մի անգամ
կյանք էր ստանում ու կյանքը եռում.
շքեղ Կովկասի ամեն կողմերից
սեգ արծիվները երամ առ երամ,
հավաքվում էին ժայռի բարձունքին,
որ ամբողջ ցեղով ընտրեն նոր արքա։
Այդ էր օրենքը հին-հին դարերի,
սեգ արծիվների, արծիվ պապերի։

2

Այդպես, մի օր էլ, լուսաբացի հետ,
արծիվներն եկան, իջան էն ժայռին
ու ամեն մինը մի որս էր բերել,
տոնի առիթով էն ժայռի գլխին։
Եկավ և ահա նրանց ծեր արքան,
եկավ ու իջավ էն սարի ծայրին։
Սեգ արծիվները՝ ահել ու ջահել
թռան տեղերից, պտույտներ արին,
պտույտներ արին, նստեցին ժայռին
էդպես հարգեցին իրանց արքային։
Նստել էր գահին ծեր արծիվ արքան,
նստել էր, նայում իր ժողովրդին,
աչքերը խոշոր, բիբերը մարած,
բայց էլի հպարտ, հայացքը ահեղ,
էլի կամքի տեր, էլի ուժի տեր։
Ծագեց արևը բարձր Կազբեկից
ու «Արծվի ժայռը» վառվեց լույսի պես։
Տխուր է, մռայլ ծեր արծիվ արքան,
ինչպես իր տակի ժայռի կտորը։
Իր վերջին օրն է։ Եվ մի երկու ժամ,
է՛, մնաք բարով և՛ գահ, և՛ կյանք, դո՛ւք։
Մռայլ և տխուր արքա արծիվը
իր վերջին խոսքն է ասում իր գահից.
— Իմ հարյուր տարին ես բոլորեցի,
ապրեցի պատվով, իմ ցեղի պատվով,
երբեք ես չիջա գահիս բարձունքից,
ազատ ծնվեցի, պատվով ապրեցի,

ազատ ապրեցի, ազատ կըմեռնեմ:
Ինձանից հետո նորընտիր արքան
թող ինձ հետնի, թող նա էլ ինձ պես
սիրե իր գահը Կազբեկի վրա:
Այդ է օրենքը անցած դարերի,
սեգ արծիվներիս, արծիվ պապերիս:
Հիմա ես ծեր եմ: Տեր ժամանակը
իր տվածն ինձնից ետ է պահանջում.
պակսել է լույսը կանթեղ աչքերիս,
թափել-ընկել է թև ու թռիչքս,
մի նոր թագավոր ընտրեցեք իմ տեղ,
թող երկար ապրի, մի հարյուր տարի,
իր թախտովն ապրի, իր թախտովն ապրի:
Սեգ արծիվները ամեն կողմերի՝
Արգունյան, Կյուրյան, Դարգինյան, Անտյան,
Կումիխյան և այլ սարի արծիվներ, —
նստել են ժայռին հլու-հպատակ
ու կախել իրանց սեգ գլուխները,
լսում արքայի խոսքերը վերջին:
Արքա արծիվը շարժեց գլուխը
և երեք անգամ ծանր բարևեց
սեգ արծիվներին, ու արծվի նման
թռավ գահիցը: Շրջաններ գործեց
անդունդի վրա ու հետզհետե
դեպի վեր, բա՛րձր, բա՛րձր ամպերը:
Նրա հետևից երամ առ երամ,
ինչպես մի անվերջ, երկարուն շղթա,
բարձրացան արծիվ արծվի ետևից:
Արքան սլացավ, մի վերջին թափով
ճախրեց, սավառնեց և տխուր հայացք
գցեց վերևից մերկ-մերկ ժայռերին,
որոնց գագաթին՝ իր գահն է եղել:
Մեծափառ սարը, — շքեղ Կազբեկը,
պեծին էր տալիս, աչք շլացնում —
խոր-խոր ձորերը, անտեր, անանուն,
անտակ, անհատակ, անչափ և անհուն:
Մի հետ էլ արքան զերվեց Կազբեկով.
— Դու, հզոր Կազբեկ, դու մնաս բարով,
և՛ դուք, իմ սարեր, սեգ արծվի սարեր,
և՛ դուք, անհանգիստ գյուղական տներ՝
դուք պետք է մնաք ձեր տեղը անշարժ,
ես պետք է գնամ ձեզանից կարոտ:

Ես սավառնում եմ, ճախրում ձեր գլխին,
բայց իմ գլխին էլ՝ մահը սևադեմ...
Ու արծիվ արքան մխվեց ու մնաց
բարձր օդի մեջ, աչքը իր գահին,
ու այն բարձունքից, թևերը ծալած,
ծանր քարի պես ընկավ վերնից
իր գահի վրա, ժայռի քարերին:
Կարմիր արյունով ներկեց իր գահը.
մարմինը ընկավ անտակ անդունդը,
և փետուրները ցիր ու ցան եղան:
Այդ է օրենքը հին-հին դարերի,
սեգ արծիվների, արծիվ պապերի:

3

Մի աղմուկ, շփոթ բարձրացավ օդում,
սարեր ու ձորեր արձագանք տվին,
սեգ արծիվները կըռղացին վշտից
ու իջան նորից պապական ժայռին,
իջան, որ ընտրեն իրենց նոր արքա:
— Ո՞ւմ պետք է նրանք թագավոր ընտրեն:
— Ով որ ուժեղ է, ով որ հաղթական,
ով որ այդ օրը մեծ որս է բերել:
Այդ էր օրենքը անցած դարերի,
սեգ արծիվների, արծիվ պապերի:
Որսերը շատ են ու տեսակ-տեսակ,
սարի այծյամներ, սիրուն ջեյրաններ,
ճերմակ կարապներ. շեկլիկ փասյաններ,
ջահել կխտարներ և նապաստակներ:
Բայց դրանք ոչինչ. կա մի ուրիշ որս,
դա ոչ այծյամ է, ոչ սարի ջեյրան,
ոչ ջրի կարապ, աղվես, նապաստակ:
Դա մի մանուկ է չորս-հինգ տարեկան.
նրան բերել է Անտյան լեռներից
մի ջահել, կարող, մի հզոր արծիվ:
Մեջքը տվել է նա «Արծվի ժայռին»
Ու թույլ կոներով հա՜ պաշտպանվում է,
անձնատուր լինել նա չի ցանկանում:
Հայացքը ազդու, մի մահ, մի սարսափ,
սարսափ է ընկել արծիվների մեջ.

նա մի կորյուն է, ասլան բալասի,
իրանց սարերի նման վայրենի:
Վերջապես ո՞ւմն են ընտրում թագավոր.
— Ով որ հզոր է, ով որ հաղթական,
ով որ այդ օրը մեծ որս է բերել:
Այդպես էր կարգը հին-հին դարերի
սեգ արծիվների, արծիվ պապերի:
Արքա ընտրեցին մանկան բերողին
թեև մի եղնիկ մեծ էր մանուկից:
— Մարդն է, ասացին, աշխարհի արքան,
արքայի արքան՝ հզոր արծիվն է.
մարդուն բերողը թող լինի արքա:
Կեցցե մեր արքան, մեր արծիվ արքան,
իր հարյուր տարին թող նա բոլորի,—
կղղացին ժայռի սեգ արծիվները,
մանկան բերողին ընտրեցին արքա:
Եվ սեգ արծիվը բազմեց իր գահին
Պետք է զոհվեին բոլոր որսերը,
դարագլուխ էր և նոր ընտրություն.
մարդու որդին էլ զոհերի մեջն էր,
անբիծ արյունը հոտ պետք Լ բուրեր,
սպասում էին՝ ինչ կասի արքան:
— Իմ սեգ արծիվներ, թող Կազբեկ սարը
հաստատուն մնա մեր գահի գլխին
երբեք ու երբեք թշնամի մարդը
մտքով էլ չհասնի արծվի թռիչքին,
թող «Արծվի սարը» անսասան մնա,
մարդը ի՞նչ է որ, թև-թռիչք չունի,
գետնին է կպել, հայացքը ներքև,
թող մարդու որդին, իմ բերած զոհը,
իր աչքով տեսնի մեր սուրբ հանդեսը.
զոհեցեք զոհեր, թող ալ արյունը
խնկի պես ծխա մեր գահի շուրջը,
ես էլ իմ զոհին վերջը կզոհեմ:
Աչքերը փայլուն և նրա սիրտը
կառնեմ ինձ բաժին, կկտցահարեմ.
միսն ու արյունը, իմ սեգ արծիվներ,
ձեզ «Արծվի գահից» համեցեք կանեմ:
Դեհ, սկսեցեք... Դեռ խոսքը բերնում,
հանկարծ օդի մեջ մի բան կայծակտեց,
վզզաց սուր նետը, նետը կուրորեն
եկավ արքայի լայն կուրծքը ծակեց

վիրավոր արքան դես-դեն թպրտաց,
երեք-չորս անգամ զցեց թևերը,
որ նորից թռչի բարձր ամպերը,
թռավ ու ընկավ արքան անդունդը
ու իր խորհուրդը տարավ իրան հետ:
Ո՞վ էր՝ սպանեց արծիվ արքային.
դա մի որսորդ էր, այն մանկան հայրը,
կրակ էր թափել նրա սրտի մեջ,
իր սերը չըկար, իր սիրտը չըկար...
Գազազած ելավ, առավ նետ-աղեղ.
— Ո՞րտեղ ես, Կազբեկ, դիք-դիք ժայռերդ
ձեռքով մագլցեմ... մինչև չըգտնեմ
կորած կորյունս, չերևամ մորը:
Ասավ որսորդն ու՝ դեպի Կազբեկ:
Հայրական սերը չըգիտե արգելք,
գտավ նա ճամփա, գտավ նա վերելք,
գնաց ու հասավ էն «Արծվի ժայռին»,
տվվեց-սպանեց արքան իր գահին:
Սեգ արծիվներին, ցիր ու ցան արավ,
ազատեց մանկան, բերեց Կազբեկից:
Այն օրվանից դես՝ այն էր ու այն էր,
Էլ արծիվները չունեցան արքա.
բայց «Արծվի ժայռը», ամպին հարևան՝
շքեղ Կազբեկի գլխին կա ու կա:

ՀՈՂԱԾԻՆԸ

Կովկասյան ավանդություն
Մեռավ ծեր արքան. արևը բաշխեց
Մի հատիկ որդուն: Կինը նրա տեղ
Գահը բարձրացավ, երկըրին իշխեց:
Որդին մեծացավ թռչնի պես անմեղ,
Անհոգ ու անփույթ շքեղ պալատում.
Բայց երբոր եղավ տասը տարեկան,
Լացեց ու ասավ. «Մայրիկ, ինձ ասա
Ո՞ւր է հայրիկս, ես հայրիկ չունե՞մ»:
— Քո հայրը, որդիս, վաղուց մեռել է:

— Ասա ինձ, մայրիկ, մեռնելն ի՞նչ բան է:
— Մեռավ քո հայրը հողում թաղեցին:
— Հողում թաղեցի՞ն, էլ ետ չի՞ գալու,
— Ոչ, ոչ, էլ երբեք, էլ նա ետ չի գա,
Մենք էլ կմեռնենք, կթաղեն հողում,
Բոլորիս վերջը մահն է, իմ որդի:
— Ինձ է՞լ կթաղեն, չեմ ուզում, մայրիկ,
Չեմ ուզում մեռնել ու հողում թաղվել,
Այնպիսի երկիր ես պետք է գնամ,
Որ մահ չլինի, մարդը չմեռնի.
Ես էլ չմեռնեմ, հողում չթաղեն,
Հողում չթաղեն, վրաս հող չածեն:
Ու թողեց գահը ու թողեց թագը,
Թագուհի մորը, հայրենի երկիր,
Վեր կացավ, գնաց հեռու, տարագիր:
Գնում էր... Գնաց... Ու անվերջ գնաց,
Տարիներն անցան իրար ետնից,
Աշխարհի ման եկավ, մի տեղ չըմնաց,
Որ Ռոստոմը ոտը չըդներ:
Ամեն տեղ մարդն էր մահին ենթակա,
Մորից ծնվածը մայր հողն էր մտնում:
Մարդը բնակություն թողեց ու անցավ,
Դուրս եկավ, գնաց չոլ ու անապատ:
Լա՛յն, լա՛յն հորիզոն, կապուտա՛կ երկինք...
Ո՛չ մարդ, ո՛չ գազան և ոչ էլ թռչուն:
Գնում էր... Գնաց... Տեսավ եղջերուն
Չոքել է՝ գետնին գլուխը կախած,
Պոզերի ծայրը ամպերի միջին:
— Բարով, Ռոստոմ, — եղջերուն ասավ,—
Ո՞րտեղից կըգաս և ո՞ւր ես գնում:
— Այ չոլի եղնիկ, — ասաց Ռոստոմը,—
Ես մի այնպիսի տեղ եմ որոնում,
Որ մահ չլինի, մարդը չմեռնի,
Ես անմահ մնամ, հողում չթաղեն:
— Այ ջահել, ջիվան, — եղջերուն ասավ
Չկա այնպես տեղ, որ մահ չլինի,
Ամեն տեղ մարդն է մահին ենթակա,
Ով որ ծնվել է, նա էլ կմեռնի:
Ես էլ եմ վաղուց մահին սպասում,
Կարոտ եմ մահին, նա չըկա՛, չըկա՛,
Երբ իմ պոզերը հասնեն երկնքին,
Նոր վերջ կտրվի իմ տաղտուկ կյանքին:

Կա՛ց, կա՛ց դու ինձ մոտ, մահը ուշ կգա,
Մահը ուշ կգա , կաց ու ծերացիր:
Կա՛ց ու ծերացիր, կյանքից ձանձրացիր:
— Մեռնել ուզեի՝ ես չէի թողնի
Թագուհի մայրիկ, պատիվ, գահ ու թագ.
Ես ապրել կուզեմ, շարունակ, անվերջ, —
Ասավ Ռոստոմը, վեր կացավ գնաց:
Գնում էր... Գնաց... Էլ հեռու, հեռու,
Վերից արևն էր այրում, տապակում,
Ետևն անապատ, առաջին սարեր,
Գնաց ու գնաց բարձրացավ մի սար,
Սարը հո սար չէր. ամպերը գլխին,
Գագաթին սուր-սուր ու դիք-դիք ժայռեր.
Վերից նայողը տակը չէր տեսնում,
Տակը մի անդունդ, մի խոր խորխորատ:
Բարձրացավ սարը, տեսավ գագաթին
Արծիվն է նստել մռայլ ու անհույս.
Արծիվն է նստել ու իր կտցովը
Խփում է ժայռին, փորում է ժայռը:
— Բարով դու, Ռոստոմ, դու հազար բարի,
Ո՞րտեղից կըգաս և ո՞ւր ես գընում, —
Ասավ արծիվը մռայլ ու անհույս:
— Այ հզոր արծիվ, — ասավ Ռոստոմը, —
Ես մի այնպիսի տեղ եմ որոնում,
Որ մահ չըլինի, մարդը չըմեռնի,
Ես անմահ մնամ, հողում չթաղեն:
Մտքի տակ ընկավ հսկա արծիվը.
— Այ ջահել-ջիվան, — ասավ Ռոստոմին, —
Ամեն կենդանի, որ օդ է շնչում՝
Նա պետք է մեռնի, վերջը հող դառնա:
Ես որ արծիվն եմ խիզախ ու հսկա,
Ես էլ եմ նույնպես մահին ենթակա.
Բախտն է որոշել, որ ես էլ մեռնեմ,
Բայց իմացիր՝ ե՞րբ. երբ փոսը լցնեմ,
Այ էս անդունդը, որ աչք չի կտրում:
Եվ գիտե՞ս ինչով, մանր քարերով,
Որ պետք է կտցով պոկեմ ժայռերից
Եվ իմ պոկածը, ասեմ, օրական
Մի ընկույզի չափ քար պետք է լինի:
Կաց ինձ մոտ, Ռոստոմ, մահը ուշ կգա,
Մահը ուշ կգա. կաց ու ծերացիր,
Կաց ու ծերացիր, կյանքից ձանձրացիր:

— Մեռնել ուզեի՝ ես չէի թողնի
Թագուհի մայրիկ, պատիվ, գահ ու թագ,
Ես ապրել կուզեմ անընդհատ, անվերջ: —
Ասավ Ռոստոմը, վեր կացավ գնաց:
Գնում էր... Գնաց... Տաս տարին անցավ,
Էլ տեղ չթողեց, որ նա ման չգար.
Ցամաքը պրծավ, երկրից դուրս ելավ,
Գնաց ու հասավ մի խաղաղ ծովի:
Թափանցիկ ծովը հայելու նման
Ձգվել, փռվել էր հեռու ափերում:
Մեղմիկ ծփանքով, փրփուր ալիքով
Գնում, գալիս էր օրոր ու շորոր:
Բայց հեռո՛ւն, հեռո՛ւն, որտեղ երկինքը
Ջրերի վրա կապել էր կամար,
Լուսեղեն հովտում, լազուրի միջին,
Մի բան էր լողում, պեծ-պեծին տալիս:
Գերվեց Ռոստոմը. հոգով թռչում էր...
Ու դեպի հեռուն, դեպի լազուրը,
Դեպի անհայտը, դեպ անմահություն,
Ապրել ու ապրել, հավիտյան ապրել,
Ու ծովին պատեց մի ախորժ մշուշ,
Ափին մոտեցավ մի զմրուխտ պալատ,
Պալատի միջից խոսեց դիցուհին.
— Դու ի՞նչ ես ուզում, այ մարդ հողածին:
— Օ, իմ պաշտելի, չգիտեմ ո՞վ ես,
Ես քեզ եմ փնտրում, դեպի քեզ ձգտում,
Շատ եմ ման եկել, հազիվ քեզ գտա:
— Դու որոնում ես անմահությունը,
Այո՛, ես կյանքն եմ, գերագույն կյանքը,
Ինձ հետ ապրողը անմահ կմնա,
Կյանքը իմ մեջն է, մահը ոտիս տակ:
Ստեղծագործման առաջին օրից
Ես այսպես թարմ եմ, ու կըմնամ էսպես,
Աշխարհը որ կա, ինձ է պարտական...
Գիտե՞ս ով եմ ես, «Գեղեցկությունը»:
Կյանքը իմ մեջ է, մահը՝ ոտիս տակ:
Դու հող ես, այ մարդ, հողին պարտական,
Հողն իր տվածը նորից ետ կառնի.
Հողը մի ուժ է, դու պետք է մեռնես:
Բայց դու կաց ինձ հետ, քանի ինձ մոտ ես,
Անմահ կմնաս. մահն ինձ մոտ չի գա:
Ու ապրեց Ռոստոմն, ապրեց նոր կյանքով

Ու կյանքը հեքիաթ ու կյանքը երազ...
Կյանքը հոսում էր երազի նման,
Գեղեցկությունը շքեղ երազ էր,
Ժպիտը՝ շքեղ, կարմիր արշալույս,
Ծով ծով աչքերը՝ ցնորքի աշխարհ,
Մի լուսնյակ գիշեր՝ ցոլուն աստղերով,
Մի անհուն երկինք՝ ոնց սերը անբիծ:
Արևն էր ծագում նրա աչքերից,
Կենսատու շունչը՝ անձրևն էր ծաղկանց,
Գլխի պսակը՝ յոթ գույնի աղեղ:
Դա մի երազ էր, մի շքեղ երազ
Ու կյանքն էր հոսում երազի նման:
Հազար ու հազար տարիներ անցան
Ու հազար տարին՝ հազար ակնթարթ:
Բայց հոգին չունի, չունի՛ հագենալ,
Որ նա կարոտեց, հանգիստ չի կենալ:
Զարթնեց Ռոստոմը շքեղ երազից,
Գեղեցկության հետ նա այսպես խոսել.
— Մի կարոտ ունիմ, սրտամաշ կարոտ...
Ես կարոտել եմ անուշիկ մորս,
Ազգականներիս, իմ հայրենիքին,
Իմ հայրենիքին, օդին ու ջրին,
Ծառին ու ծաղկին, շաղին ու շողին,
Սարին ու ձորին, դաշտին ու հողին:
Տասը տարի է, որ հեռացել եմ.
Ես կարոտել եմ. կարոտն է մաշում,
Կարոտն է քաշում. թույլ տուր ես գնամ
Մի տեսնեմ նրանց, դարձյալ գամ քեզ մոտ:
— Ես լավ գիտեի ուժը մայր հողի,
Մարդը մահինն է, մահը՝ մարդունը.
Էսօր թե էգուց մարդը կմեռնի.
Մայր հողն է կանչում, մահվան կարոտն է,
Որ քեզ քաշում է դեպի գերեզման,
Գնա ու մեռիր պապերիդ նման:
Բայց աեմ՝ հազար, հազար տարի է,
Որ դու ապրում ես գեղեցկության հետ:
— Հազար տարի՞ է, թե՞ մի ակնթարթ.
— Կերթաս, կիմանաս: Ես երկու ծաղիկ
Կըտամ քեզ նվեր՝ ալ ու սպիտակ.
Ապրել ուզենաս՝ ալից հոտ քաշիր,
Մեռնել ցանկանաս՝ սպիտակ ծաղկից.
Է, մնաս բարով, քեզ բարի ճամփա:

Կարոտը սրտում, կարոտ յուր մորը,
Թն առած կըգա կարոտ Ռոստոմը.
Սարեր ու ձորեր, անտառ, անապատ
Կտրում անցնում է կարոտած որդին.
Գալիս է հասնում նա արծվի սարը:
Վայ, ու՞ր է անդունդ, ու՞ր է խորխորատ,
Չկա, լցված է, հարթվել ու կոկվել.
Ժայռ քարի վրա արծիվն է նստել,
Արծիվն է նստել՝ գլուխը կախած,
Թևերը թափած, անշարժ ու անշունչ:
Ռոստոմը կպավ հսկա արծիվին.
Ու արծիվն իսկույն իրարից եղավ,
Չոր փոշի դարձավ ու թափվեց գետին:
Գալիս էր... եկավ ու ճամփի միջին
Ծանոթ եղջերվին նա նորից տեսավ.
Սուր, սուր պոզերը երկնքին հասած,
Ու զանգը փշուր, փշուր էր եղել:
Թախիծը պատեց ճամփորդ Ռոստոմին,
Միրտը վառում էր ներքին կարոտը.
Օր առաջ կուզեր նա մորը տեսնի,
Օր առաջ կուզեր հասնի հայրենիք:
Ահա վերջապես և հայրենիքը —
Նույն հովիտ ու դաշտ, նույն գյուղ ու քաղաք,
Առաջվա նման ջրառատ գետեր.
Բայց մարդն էր փոխված, հագուստը էն չէր,
Այն նիստ ու կացով, բարբառը ուրիշ,
Լեզուն անծանոթ ու ինքը օտար:
Գալիս էր... Եկավ... Այ և սարերը,
Ե՛վ ժայռ, և՛ քարափ, ամեն մի բլուր
Ծանոթ է իրան մանուկ օրերից.
Բայց ու՞ր է իր մոր նստած քաղաքը.
Ու՞ր է հայրենի շքեղ պալատը,
Պալատի տերը, — թագուհի մայրը,
Որ գիրկը ընկնի, կարոտը առնի,
Կարոտը առնի և էնպես ապրի:
Շուրջը ավերակ. դեղին մամուռը
Ելել ծածկել է քարակույտերը՝
Քաղաքը շեն չէ. քաղաքն ավեր է.՝
Թե ե՞րբ է քանդվել, իմացող չկա,
Ավերակներում, մի քարի վրա
Նստել է մի ծեր ու աղոթք անում:
— Ասա ինձ, ծերուկ, — Ռոստոմը ասավ,—

Ե՞րբ է ավերվել այս շեն քաղաքը.
Ու՞ր է թագուհին, ի՞նչ է պատահել,
Չէ՞ որ դու նրան լավ ես ճանաչում.
Նա իմ մայրս է, ես՝ նրա որդին.
Դու լավ ես հիշում, թե ինչպես մի օր
Թողի իմ մորը, ելա, գնացի,
Որ մահից փրկվեմ, ապրեմ ու ապրեմ,
Իսկի չմեռնեմ, հողում չթաղեն:
— Ինչե՞ր ես խոսում, այ դարիբ ախպեր,
Ես երբեք այդպես բաներ չեմ հիշում.
Քո ասածները անցած բաներ են
Ու քանի հազար տարի է անցել.
Ես էլ դեռ մանուկ հորիցս եմ լսել. —
Մի թագուհի է ապրելիս եղել,
Նրա մինուճար աչքի լույս որդին
Թողել է մորը, գնացել, կորել
Դա եղած բան է, բայց շատ հին բան է...
— Էլ ինչո՞ւ ապրեմ ու կարոտ քաշեմ...
Կյանքը իմ հոգուն հագուրդ չի տալիս,
Իմ մայրը այստեղ մահով է մեռել…
Ես պետք է գնամ իմ մորը գտնեմ,
Մահն էլ մի կյանք է ուզողի համար,
Մահի թևերով կարոտս կառնեմ:
Մահը թող տանի ինձ իմ մայրիկիս,
Գուցե խաղաղվի փոթորկված հոգիս.
Ես մահն եմ ընտրում, հանգիստ եմ ուզում,
Վարարած գետ եմ, մայր ծովն եմ հոսում: —
Ռոստոմն ասավ ու հանեց մոտի
Սպիտակ ծաղիկը, հոտոտեց նրան,
Հոտոտեց նրան ու ընկավ մեռավ:
Վեր կացավ ծերը, գերեզման փորեց,
Հողի մեջ թաղեց, վրան հող ածեց:

ԱՌԱԿՆԵՐ

ՎԱՏ ԸՆԿԵՐԸ

Մի անգամ
Առյուծ արքան
Մռնչում էր կողի ցավից.
Գազանները ամեն կողմից
Եկան հիվանդ արքային տես,
Բայց մեջներին չկար աղվես
Էնտեղ մեկն էլ
Մի պառավ գել
Ասավ. — Արքա՛ ,
Ախր ի՞նչ կա,
Որ աղվեսը՝
Հաճուճ մաճուճ
Թիզ ու կեսը,
Քեզ չի հարգել,
Տե՛ս, չի եկել:
Ցավը թողած՝
Արքան գոռաց,
Թե՝ հա՛ թռեք,
Էն ըմբոստին
Ոտս բերեք:
Հինգ, վեց
Գազան
Ելան հասան,
Էն աղվեսին
Մի կերպ գտան,
Պատճառն ասին,
Բերին ատյան:
Արքան գոռաց.
— Ո՞ւր ես, մեռա՛ծ...
— Ասեմ ձեռաց,—
Աղվեսն ասաց.
— Տեր վեհափառ,
Խնդիրս առ,

Որ լսեցի՝ դու հիվանդ ես,
Էլ ինչ ասեմ, ինձ հո գիտես,
Ինչպես գլխիս կրակ վառած
Եվ պատանս էլ թևիս առած
Հա՜ էստեղը,
Հա՜ էնտեղը,
Վերջը գտա
Ցավիդ դեղը,
Գելի մորթին արա մուշտակ,
Միսը՝ շորվա, խմի տաք-տաք,
Քրտնեց կողդ,
Կանցնի դողդ:
Որ չտվեց էսպես թելին,
Իսկույն գետին դրին գելին:
Արքան հազավ գելի կաշին,
Միսը կերավ նախաճաշին:
Քրտնեց կողը,
Անցավ դողը,
Մեջտեղ գնաց
Ջրպարտողը:

ԱՔԼՈՐՆ ՈՒ ՄԱՐԳԱՐԻՏԸ

Օրվա մեկը մի աքլոր
Քջուջ-մջուջ անելիս,
Տեսավ մի հատ մարգարիտ
Աղբի միջին փայլելիս:
Կտցեց, ասավ. «Էս ի՞նչ է,
Ինձ հարցնես՝ ոչինչ է.
Վայը տամ է՜ն հիմարին,
Որ գին կտա է՜ս քարին.
Իսկ ինձ համար մի գարին
Արժեր էսպես հազարին»:

ՃՊՌՒՌՆ ՈՒ ՄՐՋՅՈՒՆԸ

Թըռի-վըռի մի ճպուռ,
Ողջ ամառը շուռումուռ
Երգեց, ճռաց,
Ճըռճըռաց:
Մին էլ ըիը, ձմեռը
Փռեց իրա թևերը,
Բացեց գորգը սպիտակ,
Դաշտերն առավ ձյունի տակ:
Անցան պայծառ օրերը,
Էլ ո՞րն ասեմ, էլ որը,
Երբ ամեն մի թփի տակ,
Թե սեղան կար, թե օթյակ:
Եկան օրեր ցրտաշունչ,
Ճպուռն ընկավ լուռումունջ.
Քաղցած փորին էլ ի՞նչ երգ,
Ցուրտը տարավ ոտ ու ձեռք:
Զընգըր-զընգըր դողալով,
Ծանր-ծանր սողալով,
Նա մրջյունին ասում էր,
— Գլխիդ մատաղ, սանամե՛ր,
Մի ճար արա, շունչ առնեմ,
Ցրտից, սովից չմեռնեմ.
Կերակրրի, տաքացրու,
Մինչև գարուն ապրեցրու:
— Ի՛նչ խաբար է, սանիկս,
Զարմանում եմ, ջանիկս.
Չաշխատեցի՞ր ամառը,
Ասա, ի՞նչ էր պատճառը:
— Էդպես բանի, սանամեր,
Էլ ժամանակ ո՞վ ուներ.
Էն խոտերում բուրավետ
Երգում էինք մերոնց հետ
— Ուրեմն՝ դո՞ւ:
— Այո՛, ես…
Ողջ ամառը դեն ու դես
Երգում էի մշտապես:
— Երգո՞ւմ էիր, շատ բարի

Այժմ էլ բռնի վեր-վերի,
Քամին ծափ տա՝ դու պարի:

ԿԿՌԻՆ ՈՒ ԱՔԼԱՐԸ

Չնաշխարհիկ
Իմ աքլարիկ,
Ձայնդ զիլ-զիլ,
Ոսկի ծիլ-ծիլ,
Երգերիդ մեջ
Բյուր ելնէջ:
— Կրկու քուրիկ,
Հուրիկ, բուրիկ,
Քո ձայնն էլ է
Լավ գեղգեղում,
Ծոր է տալիս
Ու մըղմըղում.
Երգ եմ լսել
Ես շատ ու քիչ,
Բայց չեմ տեսել
Քեզ պես երգիչ:
— Ոսկեփետուր,
Անուշ իմ քուր,
Կուզեմ լսել
Ձայնդ անսպառ
Միշտ անդադար:
— Պուճպուճուրիկ,
Մի պուտ ջրիկ,
Կկու քուրի՜կ,
Երդվում եմ ես,
Որ լռում ես
Էսքան պուճուր՝
Ըսպասելով
Իմ աչքերը
Կտրում են ջուր:
Որտեղի՞ց է

Քեզ էդպես ձայն,
Մաքուր, քնքուշ
Ու զրնգզրնգան:
Դուք էդպես եք
Ամբողջ ցեղով,
Մի բուռ բան եք
Թեն տեղով,
Բայց ձեր երգը
Խիստ աջողակ,
Չունի՛, չունի՛
Ոչ մի սոխակ:
— Գոհ եմ քեզնից,
Ջիվան աքլար.
Խընձով ասենք՝
Դու միալար
Լավ ես երգում
Դրախտահավից,
Թռչունների
Լավի լավից:
Ողջ աշխարհը
Խոսքիս վկա,
Քեզ պես երգիչ
Չըկա՛, չըկա՛,
Էստեղ ծիտը,
Ծիտիկ-միտիկ,
Ասավ. հլա
Սըրանց մտիկ,
Ինչ լավ գիտեն
Իրար եղել.
Ասա թողի՞ն
Պակաս տեղ էլ:
Է, լա՛վ, հերի՛ք
Իրար գովեք.
Աշխարհ գիտի,
Թե դուք ով եք:

ԱՂՎԵՍԸ, ԱՐՋՆ ՈՒ ԳԱՅԼԸ

Մի գել, մի արջ, մի աղվես
Ապրում էին ախպոր պես:
Մի օր գտան մի մեծ փարչ,
Փորը լեն-լեն, բուկը կարճ.
Մեջը լիքը-լիքը եղ
Ու պահեցին մի լավ տեղ,
Որ ետի օրն էն եղեն
Գաթա, նազուկ թըխմըխեն:
Գելը մի օր կիրակի,
Գնաց գողցավ մի մաքի.
Արջը գնաց կըրակի,
Էն աղվեսն էլ իր հանգի
Միսը արեց ղավուրմա,
Էդ էլ եղի մոտ մնա.
Ու աղվեսը եղն ու միս
Ծածուկ նժեց մի ամիս:
Վերջը կանչեց. «Վա՜հ, ամա՜ն,
Ո՞վ է կերել ղավուրման,
Ո՞վ է կերել մեր եղը,
Բան չի թողել իր տեղը»:
Արջը էդտեղ փընթփընթաց,
Գելը կանգնեց վընգվնգաց,
Աղվեսն էլ սուտ թնկթնկաց.
— Ո՞վ է կերել եղն ու միս,
Ո՞վ է մեր մեջ գողն ու փիս.
Ա՜յ, թե գտնեմ ես գողին,
Փարչը ջարդեմ իր կողին.
Բայց չեք կարող ինձ խաբել
Արջիկ-փարջիկ, գել ու փել,
Եկեք էստեղ իսկույն մենք
Արևի տակ քիչ քնենք.
Ում կռնակից եղ դուրս գա,
Նա է գողը, կա, չըկա:
Ու փռվեցին երկար-կարճ
Գող աղվեսը, գելն ու արջ.
Արջը, փարչը, գել ու փել
Հենց որ առան մրափել,
Գող աղվեսը՝ սուս ու փուս,

Իր թաթերին կուզեկուզ
Ելավ քերեց բղիկը,
Բերեց մի մատ եղիկը,
Քսեց մեջքին խեղճ գելի,
Արջին բրթեց՝ թե ելի,
Ես գտել եմ մեր գողը.
Գելն է կերել մեր եղը:
Ու երկուսով տեղն ու տեղ
Գելին արին փորի դեղ:

***

Ջո՛ւ, ջո՛ւ, ջո՛ւ,
Բրնձի,
Ով որ չգա՝
Մերն ինձի,
Տանեմ ծախեմ՝
Գինն ինձի:
Էսպես կանչեց
Մեծ նանը,
Կուտը ցանեց
Դռանը:
Որ չտեսան
Կուտ-կուտիկ՝
Աքլոր ու հավ,
Ճուտ-ճուտիկ,
Վրա տվին
Ճը՛տ, ճը՛տ, ճը՛տ
Վեր քաղեցին
Կը՛տ, կը՛տ, կը՛տ:

ԱՆՀԱՂԹ ԱՔԼՈՐԸ

Երկու աքլոր,
Երկու խն.
Մեկը չալտիկ,

Մեկը սև,
Մեկը մեկից
Քաջ, արի,
Կռիվ բացին
Աքլարի:
Սևոն քիթը
Սուր մխտեց
Չալի մի աչքն
Ու հաղթեց:
Հետո թռավ
Տանիքը
Ու սկսեց
Իր երգը.
— Ծուղ-րու-ղո՜ւ,
Հաղթեցի,
Քիթս աչքը
Մխտեցի:
Մին էլ վերից
Ուրուրը
Թափով նետվեց
Կտուրը,
Զարկեց տարավ
Հաղթողին,
Կտուցն աչքը
Մխտողին:

ԴԵՂՁԱՆԻԿՆ ՈՒ ՏԱՏՐԱԿԸ

Դեղձանիկը մի թակարդում
Զարկըվում էր ու թպրտում:
Մի տատրակիկ,
Պուճուր ճագիկ,
Ծիծաղում էր նրա վրա.
— Բա ամոթ չէ՞, — ասում էր նա, —
Օր ցերեկով,
Բաց-բաց աչքով
Ընկար էդպես

Դու կույրի պես:
Ես լինեի,
Չէի խաբվի,
Իմ արևը:
Մին էլ՝ ընը՛,
Ոտն ու թևը
Գցեց ցանցը
Մնապարծը:
Տեղն էր, տեղը էն տատրակին,
Ինչո՞ւ ծառըեց դեղձանիկին:

ԱՔԱՂԱՂՆ ՈՒ ԿՏՈՒԻՐԸ

Մի աքաղաղ
Կարմրապեծիկ,
Իր ոտները
Երկար ու ձիգ,
Կտրին տալով՝
Վեր-վեր ձգվեց,
Ու զարմանքով
Ի՛նչ հարց տվեց.
— Էս ո՞նց է որ
Ես զոռ տալիս,
Էս կտուրը
Փուլ չի գալիս:

ՃԱՆՃԸ

Խոնարհ ու հեզ
Մի հոգնած եզ
Արորն ուսին,
Ճանճը պոզին
Մի իրիկուն

Գալիս էր տուն:
Մին էլ ճամփին
Մի ուրիշ ճանճ
Հենց նստածին
Ասաց. — Sn՛, մանչ,
Էս եզան հետ
Որտեղի՞ց էդ:
Քիթը տնկած
Ճանճը ասաց.
— Մենք որտեղի՞ց.
Վարում էինք,
Վարատեղի՛ց:

ԵՐԿՈՒ ԱՔԼՈՐ

Նանը ուներ երկու աքլոր,
Մի թուխսի ճուտ, իրար սովոր,
Կատարները կարմիր լալա,
Փետուրները բամբկի քուլա:
Մանգալները հպարտ, հպարտ,
Ապրում էին ուրախ, զվարթ,
Բակն իրանցն էր, տունը նանին,
Ամեն մինը իրա բանին.
Մի օր նանը հավաթառին
Կարմիր ներկեց աքլորներին.
Առավոտյան բարեւուսին
Մի տեսնեիր դու երկուսին:
Անծանոթ են, իրար անտես
Երկու քաջեր, սրանց մի տես,
Ոնց են իրար գլուխ թակում
Իրանց տան մեջ, իրանց բակում:
Ու հենց էնպես, իրար օտար,
Արունլվա երես, կատար,
Ճղըրտալով,
Կռիվ-տալով,
Փետուրները ցրիվ տալով,
Եկան, եկան

Առուն ընկան,
Ջրում մի լավ տըտզկեցին
Ու էնտեղ էլ սպիտակեցին:
Ներկը գնաց փետուրներից,
Երբ որ նրանք ելան ջրից,
Ճանաչեցին նոր մեկ մեկու
Ու կանչեցին՝ կուկուլիկու:
Մեղավոր էր կարմիր ներկը,
Ա՜յ կոտրվեր նանի ձեռքը:

ՄՈԾԱԿԻ ՄԱՀԸ

Ամպից խփեց հուր-կայծակ,
Կաղնուց ընկավ մի մոծակ:
Մոծակն ընկավ կաղնու մոտ՝
Թն ու թիկունք արյունոտ:
Ճանճերն եկան պըզզալով,
Տըզտըզալով, բըզզալով.
Եղբոր վրա շատ լացին,
Աղի արցունք մաղեցին.
— Ազիզ ախպեր, քաջ մոծակ,
Էլ չես թռչի թևարձակ.
Ա՜խ, խավարի մեր լույսը,
Կոտրվել է քո ուսը,
Դու տանջվում ես չարաչար,
Ափսո՛ս, չունենք ոչ մի ճար:
Մոծակն իրեն հավաքեց,
Նվազ ձայնով կտակեց.
— Իմ քուրիկներ աննման,
Փորեք դուք ինձ գերեզման,
Թաղեք կանաչ պուրակում,
Որտեղ դուք եք նվագում:
Ամեն ամեն իրիկուն,
Երբ դուք գնաք դեպի տուն,
Իմ հորքուրներ, մորքուրներ,
Ըզբոսասեր քույրիկներ,
Անցե՛ք, դարձե՛ք իմ մոտով,

Ինձ հիշեցեք կարոտով:
Ճանճերը շատ լաց եղան.
— Մեռավ, — ասին, — քաջ տղան
Ոչ թե չնչին մի ձագ էր,
Այլ մի կտրիճ մոծակ էր:

ԳՈՐՏՆ ՈՒ ԿՈՎԸ

Գորտը գորտին ասավ. — Քե՛ռի,
Խնդրեմ էս կողմ մի ետ դառի.
Տես՝ ո՞ւռել եմ,
Փուքն առե՞լ եմ,
Ուղի՛ղն ասա,
Կովին հասա՞:
— Ջուր է, վե՛րջ տուր,
Կովն ո՛ւր, դո՛ւ ո՛ւր:
— Հիմի՞, քե՛ռի,
Ուռա՞ իսկի:
— Շատ չեն զոռի,
Նույնն ես, սըսկի՛:
— Մի տե՛ս, քեռի՛ …
— Նույնն ես, լռի՛,
Աշխարի կանցնի,
Եթե գորտը
Կովին հասնի:
— Ա՛յ, տե՛ս, քե՛ռի…
— Թեկուզ մեռի,
Դու բաց աչքով
Չես դառնա կով:
Գորտը ուռավ,
Փքվեց նորից,
Խիստ փուք առավ
Ճաքվեց զոռից:
Ով որ փքվի,
Նա կչքվի:

ՄԿՆԵՐԻ ԺՈՂՈՎԸ

Սով էր, սով էր մկստան,
Կատվի ձեռքից լկստան
Գզիրն ընկավ դռնեդուռ,
Էլ չթողեց տուն-կտուր,
Ջահել ահել գեղովի,
Ջոջերին ջոկ տեղովի
Կանչեց, բերեց ժողովի՝
Թե ինչ անեն, որ կատվեն
Մի հնարքով ազատվեն:
Եկան գյուղի ջոջերը,
Երկար բարակ պոչերը,
Մասնակցեցին խորհրդին,
Մի մուկ խոսեց իր հերթին.
— Լսե՜ք, մկներ, ցեղակից,
Չունեմ որդի, կողակից,
Ես մի անտեր ծերուկ եմ,
Բայց պատվավոր մի մուկ եմ.
Պակսեց ուժը իմ ոտի,
Պետք է մեռնեմ անօթի…
Սովն է չոքել դռանը,
Ախ, մոռանը, մոռանը,
Վեր է ընկել մառանը,
Ինչքան ասես նազ անի,
Ստից սատկի, տազ անի,
Մուկ տեսնելիս վազ անի,
Գլխից բռնի, կախ անի,
Թաթովը տա, խաղ անի,
Ուտի, քեֆը չաղ անի,
Էսպես զուլում ու կրակ,
Դեռ աչքերն էլ ջուխտ ճրագ:
Բայց թե ազնիվ մեր ցեղը
Կորչելու չէ զուր տեղը,
Ցավն էլ ունի իր դեղը…
Ա՛յ, բերել եմ ես մի զանգ,
Ծափ, ծլնգոց,
Մեջը զնգոց.
Կատվի վզից մենք կախ տանք,
Որ ինչքան էլ օրորա,

Որ ինչքան էլ շորորա,
Ստից սատկի, տաշ անի,
Գալն իմանանք զազանի:
Է՛, զանգը ո՞վ կախ անի.
— Ալո դո՛ւ:
— Ալո՞ն տանի:
— Բալո, դո՛ւ:
— Բալո՞ն կախե:
— Չալո, դո՛ւ:
— Չալոն կաղ է:
— Մստո, դո՛ւ:
— Մստոն կարճ է:
— Փոստո, դո՛ւ:
—Էդ էլ խի՞ղճ է:
— Համբո, դո՛ւ:
— Ես տկար եմ:
— Չամբո, դո՛ւ:
— Ասենք տարա,
Բա որ կատուն գա ինձ վրա՞:
— Բտոն, Խտոն թող մեկից
Բռնեն կատվի քամակից:
— Ի՞նչ է խոսում չոր զանգը,
Լավ է դու տար էդ զանգը,
Էլ ի՛նչ Բտո, ի՛նչ Ֆստան, —
Ճստաց Բտոն ճստճստան:
— Լոի, հանդուգն,
Կոտրվե՛ք դուք,
Վախկոտներիդ ես թաղեմ,
Ճա՞ռ ասեմ, թե՞ զանգ կախեմ
Գոչեց ջոջը,
Քաշեց պոչը:

ԳՈՐՏԸ

Լքուն
Փքուն
Գորտը կռռան,

Ջրհորումը
Ջրի վրան,
Իր չորս կողմը
Աչք ածելով՝
Ասավ.
— Էլ ո՞ւր է թե
Մեծ է ծովը,
Չորս թիզ չկա
Իմ թզովը:

ԳՈՐՏՆ ՈՒ ԱԳՌԱՎԸ

Մի գորտ ընկած ցամաք առուն
Կռկռում էր, հա՜ կռկռում:
— Քիչ կռկռա, այ գորտ քեռի:
Աշուն կգա, ջուր կբերի, —
Հույս էր տալիս մի սև ագռավ:
— Է՜, ի՞նչ անեմ, սիրտս վառավ,
Մինչև ցամաք առուն ջուր գա,
Գորտի աչքն էլ հո՜ դուրս կգա:

ՄՈՒԿՆ ՈՒ ԿԱՏՈՒՆ

Կատուն մկին
Ասավ. — Անգին,
Թե էդ ծակից
Էս ծակը գաս՝
Հազար թուման
Փող կստանաս:
Պատասխանեց
Մուկը կատվին.
— Չեմ արժանի
Էդ մեծ պատվին,

Ճամփեն կարճ,
Էդքան խա՞րջ:
Շատ լավ գիտեմ
Փորիդ ցավը,
Պա՞պս է տեսել
Կատվի լավը:

ԿԱՐԻՃՆ ՈՒ ԳՈՐՏԸ

Սև կարիճը լճի ափին տեսավ մի գորտ,
Ասավ. — Ա՛յ գորտ, ճարպիկ լողորդ,
Ա՛ռ ինձ մեջքիդ աղբերաբար,
Ա՛ռ ու լճի էն ափը տար:
Էն ինչ գորտն էր,
Քաջ լողորդն էր,
Շալակն առած սև կարիճին,
Իրեն տվեց կապույտ լճին:
Բայց կարիճը խայթեց գորտին,
Խեղճը ջրում փռվեց լերդին,
Ուշքը գնաց,
Նվաղելով հա՛ կռկռաց.
— Կարի՛ճ...
Դաժի՛ճ...
Ես էլ կորա՛...
Դու էլ կորար,
Ա՛յ անկամորդ...
Ղորտ... ղորտ... ղո՛րտ...
— Բնությունս է այդպես, ա՛յ գորտ:
Թե չխայթեմ,
Ես կպայթեմ, —
Կարիճն ասաց,
Ինքն էլ խեղդվեց՝ ափ չհասած:

ՌՎ ԱԼԱՐԻ, ՌՉ ԴԱԼԱՐԻ

Ժամանակով
Ազգով - տակով,
Տնով-տեղով,
Ամբողջ ցեղով
Կատուներն են
Մկան որսկան:
Բայց էս կատուն,
Էս մեկն էսքան
Մրսկա՞ն, սսկա՞ն,
Ճպռո՞տ, քնկո՞տ,
Ծո՞ւյլ, ալարկո՞տ:
Չեմ բամբասում,
Մուկ չի որսում,
Դե համբերեք,
Գիշեր-ցերեկ
Խոնավ հողին
Ընկած կուլին,
Աչքերն ընդհուպ,
Երկուսն էլ խուփ՝
Հա մռռում է, վերջում փնչում:
Լոկ բեղերն են վեր-վար թռչում:
Եվ մկները թաթիկ-տոտիկ
Պարում, երգում պոչին մոտիկ:
— Ա՜յ բրդոտիկ,
Բրդոտիկ,
Քնած հորթիկ,
Մի մեզ մտիկ,
Գանք քեզ մոտիկ,
Վերցնենք ոտիկ,
Հագցնենք վարտիք,
Կպցնենք գոտիկ,
Ա՜յ խորոտիկ,
Խորոտիկ:
Դնչից հեռու՝ չորս-հինգ մատ,
Դրին թասով լիքը կաթ:
Քիթք կաթի հոտն առավ,
Ասա՝ ծույլը ետ դառա՞վ,
Որ կաթիցը կում անի,

Անուշ, անուշ խում անի:
Չէ՛ , արևը գիտենա,
Նա ուզում է՝
Թասն իր դնչին մոտենա:
Ալարկոտը չգիտի՝
Չաշխատողը չի ուտի:
Ով ալարի,
Ոչ դալարի:

ԿԱՊԻԿՆ ՈՒ ՀԱՅԵԼԻՆ

Իրեն տեսնելով
Հայելու միջին,
Կապիկը ոտով
Մի բոթեց արջին.
— Քեռի, սրա՛ն տես,
Սա ո՞վ է, գիտե՞ս.
Հրեշ, ցուցանք,
Պատիժ, փորձանք:
Ինձ տեղնուտեղ կսպանեի,
Թե քիչ սրան նմանեի:
Բայց թե ես էլ ինչո՞ւ հետ եմ,
Էդպես ցուցանք քչի՞ն գիտեմ,
Թվե՞մ զատ-զատ,
Մերոնց մեջ շա՛տ:
— Քան թե թվես
Ձերոնց զատ-զատ,
Լավ չէ՞ նայես,
Խելոք, վրադ,—
Էն զարշելուն
Արջը ասավ,
Բայց թե խոսքը
Տեղ չհասավ:

ՈՐՍՈՐԴ ՆԱՊԱՍՏԱԿԸ

Զանազան
Տեսակ գազան
Մի օր արջին
Դաշտի միջին
Կալմեջ արին, խեղդոտեցին
Ու բաժանել սկսեցին։
Նապաստակն էլ դրանց միջից,
Քաշեց արջի միականջից։
— Սրա՛ն մտիկ,
Է՞ս ինչ, Շլդիկ,
Դո՞ւ որտեղից մեր մեջ ընկար,
Որս անելիս հետքդ չկար։
— Է՛, եղբայրներ, զարթնե՛ք քնից...
Բա ո՞վ էր, ո՞վ՝
Արջին զոռով
Սարից, ձորից,
Խոր անտառից
Հանեց, գցեց ձեր ճանկերը.
Էն ես չէի՞ ձեր ընկերը, —
Պատասխանեց նապաստակը,
Կես ականջը թաթի տակը։
Սուտ պարծանքը անվիճելի
Թվաց խմբին շատ հաճելի,
Ուստի տվին իր պահանջը՝
Թաթի տակի կես ականջը։

ԱԳՌԱՎՆ ՈՒ ԱՂՎԵՍԸ

Բախտի բերմամբ,
Թէ պատահմամբ,
Մի մեծ ագռավ
Մի զունդ պանիր
Դաշտում գտավ.
Կտուցն առավ,

Ծառին թռավ:
Օ՜, ի՜նչ պանիր, դեղին ոսկի…
Բայց դեռ չառած համը իսկի,
Աղվեսն անցավ ծառի մոտով,
Գերվեց,
Էրվեց
Պանրի հոտով:
Վազեց գնաց բերնի ջուրը,
Եվ թուլացան կուռն ու ճուռը:
Էն ժամանակ իրա ձևին,
Ծառի տակից, աչքն ագռավին,
Հեզիկ, նազիկ,
Փափկամազիկ,
Բացեց լեզուն անուշ, մեղուշ,
Թափեց, լափեց շաքար ու նուշ.
— Ինչքա՜ն լավն ես,
Ես քո գերին,
Քո էդ սևիկ
Վառ աչքերին,
Նուրբ ծալքերով
Զույգ թևերին:
Մի դու մտիկ
Էդպես քթիկ,
Էդպես ճտիկ,
Մախմուր ագին,
Խաս ու դումաշ,
Ատլասն հագին:
Գիտեմ, անշուշտ, իմ քուրիկի
Ձայն էլ կըլի հրեշտակի:
Երգի, քուրիկ, մի՜ ամաչի,
Իմ ուզածը մի մեծ բան չի:
Թե որ չքնաղ էդ տեսքիդ հետ
Երգելում էլ եղար վարպետ,
Օ՜, կդառնաս, իմ մաքրուհի,
Թռչունների մայր թագուհի:
Ագռավ ագին իրեն տված
Գովեստներից շշմած, ուռած՝
Ագռավային
Բկովը մին
Որ չկռռա՜ց,
Պանիրն ընկավ ծառիցը ցած,
Շողոքորթը ըռխեց, գնաց:

ՆԱՊԱՍՏԱԿՆԵՐԸ

Նապաստակներն ամբողջ ցեղով
Անտառի մեջ արին ժողով:
Եվ ժողովում մի ծեր Շլդիկ
Ասավ. — Լսե՛ք, մեծ ու պստիկ.
Շունը հաչե,
Քամին փչե,
Ամպը գոռա,
Մուկը ճռա,
Մեր էս ցեղը
Հա՛ կդողա:
Էսպես ապրել չի կարելի
Էս աշխարհում փորձանքով լի,
Չարն ու բարին աշխարհի հետ,
Թողնենք գնանք, լցվենք մի գետ:
Շլդիկները՝ ո՛չ այս, ոչ այն,
Ելան ընկան մահի ճամփան:
Հենց որ եկան գետին մոտիկ,
Էն գորտերը, մեծ ու պստիկ,
Խառնիխուռը
Ընկան ջուրը:
Իսկույն այդտեղ մի այլ Շլդիկ՝
— Դարձե՛ք — կանչեց, — պապիս որդիք,
Էլ մի՛ կախեք ձեր քթերը,
Մեզնից վախկոտ են գորտերը:

ԲԱՐԵՄԻՐՏ ԱՂՎԵՍԸ

Ծառի վրա երկու ձագ.
Իսկ աղվեսը ծառի տակ
Պըպըզել է ու լալիս,
Թաթով գլխին պինդ տալիս:
— Աշխարհը սուր է դառել,
Արյունը ջուր է դառել,
Որսո՛րդ, քո աչքը դուրս գա,

Սրանից էլ մեղք բան կա՞…
Սպանեցիր խեղճ մորը,
Ձագերն ընկան էս օրը,
Բնի միջին սոված են,
Ա՜խ, էդպես էլ ձայն ածե՜ն:
Իմ կույր աչքը տեսնում է,
Ասա, ձեռքս էլ հասնո՞ւմ է,
Որ կերակրեմ որբերին
Բարձր ծառի կատարին:
Ա՜յ թռչուններ,
Թևավորներ,
Որ ձեզ չասեմ,
Էլ ո՞ւմ ասեմ:
Որբիկներին էս անմարիկ
Կտեք, ջրեք, արեք բարիք,
Մի թողեք, որ սովից մեռնեն,
Թող մեծանան, թևեր առնեն:
Կկու, ա՜յ, քեզ պատրաստի բուն
Երկու ձագի մայր եղիր դուն:
Քեզնից փետուր
Տակները տուր,
Դաշտից կեր բեր,
Պահիր որբեր:
Դ՜ու, տատրակիկ,
Հենց բան արա
Խղճի մոտիկ:
Ա՜յ, փոխանակ օդամիջի
Խաղի, տաղի, ելևէջի,
Իջիր դաշտեր,
Կրիր որդեր,
Տուր ձագերին
Խեղճ ու անտեր:
Դու, աղունիկ,
Գթոտ մարիկ,
Շատ լավ գիտես
Ձագի կարիք.
Խղճա, հոգիս, երկու ձագին,
Խղճա ու առ թևիդ տակին:
Եվ դու, ծիծեռ,
Չես խղճում դեռ,
Երբ լաց, հառաչ
Աչքիդ առաջ

Դաշտն է առել
Ու ինձ վառել:
Դու էլ սոխակ,
Խեղճի ընկեր,
Կերի տեղակ
Ասա երգեր:
Երբ որ փչի մեղմ զեփյուռը,
Ծառի, ծաղկի անուշ հյուրը՝
Դու էլ հետը, ծառի ճյուղքին,
Նանիկ ասա երկու ձագին,
Երկու ձագին
Խեղճ ու մոլոր,
Անուշ ձայնով՝
Օրոր, օրոր:
Թնավորներ,
Սնավորներ,
Ես ի՞նչ ասեմ ձեր խղճերին,
Որ չեք օգնում էս խեղճերին
Ա՛խ, խլանամ
Ա՛խ, կուրանամ,
Էս կսկիծը
Ո՞նց մոռանամ:
Գոնե տատմոր ձայնը լսեն,
Բնի միջին էլ չսպասեն,
Ծառից իջնեն, շոյեմ, շահեմ,
Աչքի լույսի նման պահեմ:
Նախշուն ճուտե՛ր,
Սոված, անտեր
Գիրկս արիք,
Ձեզ սփոփեմ,
Հերիք, հերիք
Արցունք թափեմ:
Էդ խոսքի հետ երկու ձագը
Բնից ընկան ծառի տակը:
Տատմերն էդտեղ
Հափ ու հուփ,
Ձագերն արավ
Ափ ու խուփ:

ՆԱՊԱՍՏԱԿԻ ՎԱԽԸ

— Ա՜յ նապաստակ,
Ի՞նչ ես փախչում
Դու սրտաճաք, —
Հարցրին ճամփին
Նապաստակից:
— Բա լուր չունե՞ք
Դուք աշխարքից,
Ինչքան ուղտ կա
Պիտի պայտեն, —
Պատասխանեց
Նապաստակը:
— Հոգիդ սիրես՝
Թող կատակը.
Ո՞ւղտ ես, ի՞նչ է,
Որ քեզ պայտեն:
— Հարցնողն ո՞վ է.
Հլա առաջ
Մի կպայտեն,
Գնա ու դու
Նրանից դեն
Նոր հաստատի,
Որ դու ուղտ չես:

ՊՈՉԱՏ ԱՂՎԵՍԸ

Փախավ աղվեսը,
Փախավ թակարդից,
Բայց պոչի կեսը
Թողեց նա ներսը:
Այդպես պոչատ,
Պոչից անջատ,
Գնաց ասավ ընկերներին.
— Ա՜յ, ձեզ մատաղ, ես ձեր գերին,
Դե՜ն գցեցեք ձեր պոչերը.

Ինչո՞ւ են պետք այդ փրչերը:
Իրանք զարդ չեն ու զարդարանք,
Այլ մեր գլխին պատիժ, փորձանք,
Գետնի ավել,
Վազքի խափան,
Մեզ անվայել
Ավելորդ բան:
Այդտեղ մի ծեր վարպետ աղվես
Ասավ նրան. «Ապրե՛ս, ապրե՛ս,
Ա՛յ ծակամուտ թոռիս թոռը,
Էդքան չեն տա խելքի զոռը,
Բա քանի որ տեղն էր պոչդ,
Ինչո՞ւ չարիր դու այդ կոչը»:

ԽՈԶՆ ՈՒ ԱԳՌԱՎԸ

Մի դարավոր կաղնու տակ
Խոզը, ագահ ու անհագ,
Այնքան կաղին զլխտվեց,
Որ ցած ընկավ ու փռվեց:
Զարթնեց քնից ու տակից
Ծառը փորեց արմատից:
— Ի՞նչ ես անում, ա՛յ անգետ,—
Ագռավն ասաց վերնից: —
Խա՞ղ ես անում ծառի հետ,
Կչորանա արնից:
— Չորանում է՝ չորանա,
Ինձ ի՞նչ օգուտ՝ զորանա,
Միայն կաղին ունենամ,
Ուտեմ, պառկեմ, գիրանամ:
— Ա՛յ ապերախտ կենդանի,
Ով քեզ նման վիզ ունի՝
Իր կույր աչքով չի տեսնի,
Որ կաղինը հյութալի
Լոկ այս ծառն է ձեզ տալի, —
Ագռավն ասավ խոզուկին,
Էն կախ գլուխ կուզիկին:

ՇՈՒՆՆ ՈՒ ՁԻՆ

Մի տան բակում շունն ու ձին
Իրար առան, վիճեցին,
Շունը ձիուն,
Թե գլխից ձյուն,
Ի՜նչ մեծ բան ես...
Դեռ կտանես,
Արտ կվարես:
Ձի, ձի խնոցի,
Վրաս հեծի,
Մեծ ջուրն անցի
Տար դեն գցի:
Է՜, թող կորչի աննշանը,
Ա՜յ, ինչ ասեմ ինձպես շանը,
Ես ցերեկով տունը պահեմ,
Ես գիշերով հոտին նայեմ...
Ձին ոտ մեկնի ինձ հավասա՞ր:
Ձին թե՝ ճիշտ է, հաչան Բասար,
Ես որ հանգիստ կողքիս պառկեմ,
Բեռ չկրեմ,
Արտ չվարեմ,
Տուն կլինի՞, որ դու պահես,
Հոտ կլինի՞, որ դու նայես:

ԳԱՅԼՆ ՈՒ ԳԱՌԸ

Մի ամլիկ գառ
Իրեն համար
Ջուր էր խմում առվակից.
Մեկ էլ դեմի ձորակից
Գայլն է կտրում վերևը,
Խոսքին տալով էս ձևը.
— Էս ի՞նչ լրբություն,
Ի՞նչ հանդգնություն.

Ա՜յ դու փսլնքոտ,
Ոչխարի լակոտ,
Դու ինչ՞ի տեր ես.
Որ գաս դնչովդ,
Քթով-պնչովդ
Ջուրս պղտորես.
Բռնեմ դունչդ
Կտրի շունչդ:
— Մի՜ բարկանար, պարոն գայլ,
Քեզնից ցած եմ քանի քայլ,
Էնպես բան ես ասում որ…
— Սո՞ւտ եմ ասում, ա՜յ լղպոր,
Էդ էլ չլինի հերվանը,
Չեմ մոռացել էն բանը,
Որ հենց էստեղ, նույն օրը,
Հայհոյեցիր իմ հորը:
— Մի տարեկան դեռ չկամ…
— Է՜հ, եղբայրդ էր, անզգամ:
— Ես մի ծին եմ, մինուճար:
— Խնամիդ էր անպատճառ,
Կամ մեկը ձեր պիղծ ցեղից,
Էլ ժաժ չգաս քո տեղից,
Ձեր շների,
Հովիվների
Ոխը քեզնից ես հանեմ,
Տես, գլուխդ ինչ բերեմ:
Ասավ,
Հասավ
Գառանը,
Առավ, թռավ
Անտառը:
Էստեղն ինչն է գլխավոր,
Ուժեղի մոտ
Միշտ էլ թույլն է մեղավոր :

ԳԱՅԼՆ ՈՒ ՄԿՆԻԿԸ

Գայլը հոտից իր հանգի
Զարկեց տարավ մի մաքի,
Կերավ փորն ու փորը,
Պառկեց մինչև կեսօրը,
Մուկը հեռվից հոտմտաց,
Ելավ գնաց
Հոփիկ-թոփիկ
Ու մի ճոթիկ
Մսից առավ
Ու թռավ:
Գայլը զարթնեց,
Իրեն ջարդեց,
Թե՜, հայ-հարայ,
Ալա՜ն, թալա՜ն,
Էյ, պահապան,
Մատնեցին,
Վատնեցին,
Ինչ ունեի թալնեցին:

ԱՆՑՈՐԴՆԵՐՆ ՈՒ ՇՆԵՐԸ

Մի անգամ
Երկու բարեկամ
Անցնում էին խոսելով:
Սրանց ձայնը լսելով
Մի շուն բակից,
Դռան տակից
Վազեց վրա:
Մին էլ ահա՝
Կեռ պոչերը,
Թաց դնչերը
Բարձրացրին հարա-հրոց,
Եվ փողոցը դարձավ շննոց:
Մի անցորդը ծռվեց՝ քարի,

Մյուսն ասաց. — Ախպեր, ա՛րի,
Քարով էլ շատ կզազազին,
Միշտ էդպես են շունն ու թազին:
Եվ ճիշտ՝ նրանք որ քիչ անցան,
Էլ հաչոցի ձայն չիմացան:

ԳԱՅԼՆ ՈՒ ԿԱՏՈՒՆ

Գայլն անտառից
Փախավ գեղը.
— Նեղն եմ, նեղը, —
Ասավ կատվին, —
Ասլան բալա,
Քո հոր պատվին
Մի ճար արա:
Մի տես հլա,
Որսորդ ու շուն,
Թազի, թուլա
Միսս են կրծում,
Ինձ հալածում:
Ա՛յ կտրվի
Դրանց հոտը,
Մի մարդ ցույց տուր
Պահվեմ մոտը:
— Ա՛յ ցեղակից,—գոչեց կատուն, —
Գնա մտիր Մարոյենց տուն.
Նա չափազանց բարի կին է:
— Ես էլ գիտեմ, որ անգին է,
Բայց որ նրա հորթն եմ կերե՛լ...
— Բկիդ կանգներ, լավ չես արել:
Ա՛յ Դավթի մոտ կո՞ւզես կանչեմ:
—Նրանից էլ ես կամաչեմ.
Հենց ամառը
Կերա Դավթի փոքրիկ գառը…
—Ո՞ւմ ասեմ էլ…
Հա՛, մեր Զաքին:
— Էս գարնանն էլ

Նրա մաքին…
—Ո՞վ մնաց էլ.
Հա՛, երեցը:
—Էս աշնանն էլ
Նրա էծը…
—Ա՛յ դու ուտես
Չոռի մեծը:
Քանի՞սն եղավ
Հի՛նգը…վե՛ցը…
Ա՛յ անամոթ,
Ի՞նչ երեսով
Դու գյուղ մտար,
Ի՞նչ է ուրիշ
Տեղ չգտա՞ր:
Գյուղն հիմա՞ր է,
Որ թշնամուն
Պատսպարե:
Ով ինչ բրթե,
Էն կխրթե:

ԳԱՅԼՆ ՈՒ ՇՆԵՐԸ

Գայլը մի օր
Տեսնում է, որ
Հովիվները դանակներով
Կտրատում են մի գեր ոչխար,
Իսկ շները լուռ, անվըրդով
Թափվել են վար,
Գոմռում չեն,
Մռմռում չեն:
Գայլը հեռվից ի՛նչ է ասում.
— Կոտորվիք դուք... ի՛նչ վայնասուն
Կհանեիք դուք խմբովի,
Թե այդ բանը ես անեի:

ԺԱՆՏԱԽՏ

Կենդանյաց մեջ խիստ ժանտախտ էր,
Չմեռնելը շատ մեծ բախտ էր:
Ճգնաժամ էր օրհասական ,
Ու ձայն տվեց առյուծ արքան.
— Կենդանինե՛ր ինչքան որ կան,
Թող հավաքվեն, գահիս մոտ գան:
Է՛, արքայի հրաման էր,
Ժանտախտի պես դաժան բան էր:
Սարսուռ ընկավ դաշտ ու անտառ,
Գազանները լեղապատառ
Մեծ ու փոքր, բազմատարազ,
Արջ ու հովազ,
Վագր ու վարազ,
Չար բորենի, աղվես ու գայլ,
Մեկ էլ էշը վսեմափայլ,
Հավաքվեցին առյուծի դեմ,
Արքան գոչեց. — Ես ձեզ հետ եմ,
Ի՛մ իշխաններ, ես լավ գիտեմ,
Որ ձեր սրտից արյուն կերթա,
Եթե բանը այսպես գնա,
Այս ժանտախտին, ականջը խուլ,
Ամբողջ ցեղով կգնանք կուլ:
Ինձ լսեցեք, բան եմ ասում.
Ո՞ւմ մեղքիցն է այսպես ցասում:
Աշխարհին առավ ցեղիս լացը,
Հա՛ վառվում է չորն ու թացը:
Եկեք, խնդրեմ, անկեղծորեն
Խոստովանենք, որըս անօրեն
Բան ենք բռնել,
Մեծ մեղք գործել:
Մեկն ես, որ ձեր գլխավորն եմ,
Տեր ամենից մեղավորն եմ.
Քանի անմեղ գառ ու ոչխար
Ուղարկել եմ մթին աշխարհ,
Ու հովվին էլ լեղապատառ
Ինչպես արել ճոթ ու պատառ:
Սա իմ մեղքն է, ճիշտն եմ ասում.
Որ բերել է այսպես ցասում:

Մեղքերն ասին արջ ու հովազ,
Չար բորենին, վագր ու վարազ
Հետո և գայլ:
Վերջը էշը վսեմափայլ
Ասավ. — Սա է միակ մեղս,
Արտի մոտով անցած տեղս,
Հակառակ է չարը բարուն,
Ես մի բերան զարկի գարուն...
Աղվեսն այստեղ՝ լսեց, լսեց,
Ոտքի կանգնեց, մի ճառ խոսեց
Այնպես արդար,
Այնպես ճարտար,
Որ պիտ հիշվի հա՛ դարեդար:
— Առեք, — ասավ, — սուլթան ու խան,
Առեք նույնպես և իմ մեղան.
Ես ամենից մեղավոր եմ,
Բայց թե կացեք տեղավորեմ.
Մեր արքան վես,
Մեր արքան հեզ,
Խոստովանեց իր մեղքը մեզ,
Բայց թե խղճով եկեք դատենք,
Մեղքը վարձքից խելքով զատենք:
Լինի արքա՝
Սովա՞ծ ման գա,
Չուտե ոչխա՞ր...
Փուլ գաս, աշխարհ...
Ո՛չ, տեր արքա,
Ինչ ոչխար կա,
Քեզ է տրված փայ ու բաժին,
Այ, ինչ ասեմ ես այն գժին,
Այն անտաշին,
Կոպիտ էշին,
Գարու կանաչ արտը պոկե,
Մեղքն ու վարձքը նա չջոկե
Ու մեր ցեղին այսպես պատժե,
Չէ՛, պետք է դա կյանքով տուժե...
Տեղից թռան գազանները,
Դունչն ու թաթիկ լիզանները,
Խելոք էշին գետին դրին,
Քթից բերին կերած գարին:

ԱՆԾԵՂՆ ՈՒ ԱՌՅՈՒԾԸ

Սպանվել էր
Մայր առյուծի
Կորյունը,
Մռնչում էր
Սրտի ցավից,
Աչքը կոխած
Արյունը:
Մռնչում էր,
Քրտինքի մեջ
Փրփրում,
Ժանիքներով
Ու ճանկերով
Չոր գետինը
Փորփրում:
Մին էլ ծառից
Մի մայր անծեղ
Ասավ.—Տիկի՜ն
Ազնվացեղ,
Հլա խոսքը
Մեր մեջ մնա,
Բա էն լա՞վ է,
Որ անխնա
Դու լափում ես
Այլոց ձագեր,
Ոտդ եկավ.
Ա՜յ արնակեր:

ԱՐՄԱՏՆԵՐՆ ՈՒ ՏԵՐԵՎՆԵՐԸ

Տերևները ծառի ծերին
Ասում էին զեփյուռներին.
— Բա էս հովտի արդն ու զարդը
Մենք չե՞նք ու մեր խիտ սաղարթը,
Ի՞նչ կլիներ ծառի հալը,

Թե չլիներ մեր հով տալը:
Ամռան շոգին,
Ամռան տաքին
Էս ծառի մոտ ո՞վ կգա, ո՞վ,
Թե որ չտանք մենք հով ու զով:
Արշալույսին,
Վերջալույսին
Մեր մեջ սոխակն երգ չէր ասի,
Դուք, զեփյուռնե՛ր,
Համասփյուռնե՛ր,
Մեզ հետ անուշ չէիք խոսի:
— Բաժին չունե՞նք այդ պարծանքից, —
Ձայներ եկան ծառի տակից:
— Ո՞վ է, — ասին տերևները:
— Այդպես բազմած վերևները,
Բա դուք իսկի չե՞ք ամաչում,
Որ մեզ երբեք չեք ճանաչում:
Ձեր ծնունդը՝
Ձեր սնունդը՝
Գարուն գալիս
Ո՞վ է տալիս:
Մենք այս ծառի արմատներն ենք,
Ձեր ու ծառի գլխի տերն ենք:
Ինչ եք, ինչ չեք,
Կանչեցեք,
Բայց այս բանը լավ իմացեք.
Տերևներն են գնացական,
Արմատները մնացական,
Արմատները որ չորանան,
Ծառ ու տերև ո՞ւր կմնան:

ԳՅՈՒՂԱՑԻՆ ՈՒ ԾԱՌԸ

Փայտահատ Մոսին
Կացինը ուսին
Մտավ անտառ:
— Հո՜գիս, — ասավ նրան մի ծառ,—

Դալար մնան քո կոները,
Կացինըդ ա՛ռ, էս ծառերը
Իմ բոլորից ջարդի՛ր զատ-զատ,
Ինձ չեն թողնում բուսնեմ ազատ,
Տես՝ կապել են գլխիս կամար,
Արև չկա խեղճիս համար,
Էս մթան մեջ խոնավ, նեխված,
Արմատներիս տեղը նեղված,
Ինչպես կարող եմ զորանալ,
Շրջակայքի զարդը դառնալ:
Կացինն առավ փայտահատ Մոսին,
Հա՛ էս ծառին, հա՛ էն մյուսին,
Ծառի շուրջը լայն ու արձակ
Մի տեղ բացեց, շատ ընդարձակ:
Բայց խնդումը շատ չտևեց,
Էն լավ օրին վատն հետևեց.
Հա՛ արևը ծառը մրկեց.
Հա՛ կարկուտը ճյուղքին զարկեց,
Ու մի օր էլ քամին սաստիկ
Կոտրեց ծառը չարաբաստիկ:

ՔԱՄԻՆ ՈՒ ՄԺԵՂԸ

Արևը անցավ,
Քամին վեր կացավ:
Մժեղը տեսավ,
Որ քամին իրեն պտտեց,
Ինքն էլ մի կերպ
Խոտը բռնեց, խտտեց:
Մժեղ, խոտն ինչո՞ւ ես խտտել:
— Քամի, էն քեզանից եմ ազատել,
Որ չհանես սարեսար,
Որ չգցես քարեքար.
Բա գյուղացին մեղքը չի՞,
Հնձած խոտը զուր կորչի:

ՓԱՅՏԱՀԱՏՆ ՈՒ ՄԱՀԸ

Ծերն հազալով, կղտալով,
Թույլ ծնկներին զոռ տալով,
Մեջքից ցախը վեր առավ,
Նստեց վրան՝ սուգ արավ.
— Ես տուն ունեմ,
Դուռ չունի,
Թոնիր ունեմ,
Խուփ չունի,
Ջյունն է ծածկել դռնակս,
Փայտն է մաշկել կռնակս.
Ես ծեր... անցած,
Տնով քաղցած,
Հա՛ մերկ, հա՛ զուրկ,
Տալիք ու տուրք,
Խարջ ու խարաճ,
Լեզուս է կարճ...
Վա՛յ, վա՛յ, վա՛յ, վա՛յ...
Ո՞ւր ես, սև մահ...
Էսպես ապրո՞ւստ:
Մին էլ պուպուստ,
Մահը թե՝ հա,
Ծերուկ, ի՞նչ կա...
— Արևդ վկա,
Ոչինչ չկա...
Ճաքած լեղին,
Մոմից դեղին,
Կմկմալով,
Լեզվին տալով,
Ծերուկն ասավ.
— Մինը չկար,
Որ էս փայտը
Շալակս տար:
Ապրես, տեսա՞ր,
Ինչ շուտ հասար:
Բան մի կարծի,
Փայտն ինձ բարձի,
Դու ետ դարձի:

ՀԻՎԱՆԴ ԵՂՋԵՐՈՒՆ

Թավ անտառում,
Իր խոր այրում
Հիվանդացավ մի եղջերու:
Եղջերուներ՝ էգ թե արու,
Խիստ կարեկից
Դուռ ու դրկից,
Հորքուր, մորքուր
Հեզահամբույր,
Գորովագութ,
Սկսեցին մի ելումուտ.
Եկան հանդես,
Հիվանդատես,
Եվ խնամիչ,
Եվ սփոփիչ:
Հետևանքը՝ հիմա տես ինչ.
Գալ-գնալով այնքան բերան
Խեղճի պաշարն այնպես կերան,
Որ նախ այրը մնաց դատարկ,
Հենց թափ տված մի ալրապարկ:
Հետո որտեղ ոտ կոխեցին,
Չոր կրծեցին
Անցած ճամփին՝ կանաչ, թուփ, ծառ,
Մինչև վերջին փուշն և մացառ:
Երբ ամեն ինչ չոր-չորացավ,
Շրջապատում վերջ-վերջացավ,
Խեղճ եղջերվին,
Լավի լավին,
Էն անմեղին,
Մեջքը հողին,
Դունչը կողին,
Սոված թողին:
Իրենք փախան, փախան անհետ,
Անվերադարձ, էլ չեկան ետ:
Կես ամիսն էլ չլրացավ,
Ցավի վրա եկավ նոր ցավ:
Երբ չմնաց ուտելու բան,
Փրկիչ սովը չոքեց դռան:
Ու ձայն տվավ, — Այ, ջա՛ն-ջանի՛կ,

Ջահել-ջիվան ի մ ջեյրանիկ,
Գետնին գերի,
Վե՛ր կաց, արի,
Ու թաքնվիր,
Ա՛յ գալիս են հոքիր… մոքիր…
Խեղճ եղջերուն,
Երբ լսեց անուն-անուն,
Որ չտեսնի երես-երես
Էլ նրանց պես
Հոքիր, մոքիր հիվանդատես,
Հոքիր, մոքիր՝ աչերը խուփ,
Սիրով փարվեց սովին ընդհուպ:

ՔԱՄԻՆ ՈՒ ՄԱՐԱԳԸ

Քամին վազեց
Արագ, արագ,
Կանգնեց, կանչեց.
— Մարա՛գ, մարա՛գ ,
Հո՛ գիտե՞ս ինչ
Ուժի տեր եմ,
Դուռդ լայն բաց,
Դարման բերեմ:
Մարագը թե՝
— Գնա բանիդ,
Ես կարոտ չեմ
Քո դարմանիդ,
Քո դարմանը
Թող քեզ լինի,
Իմ դարմանը
Դու մի տանի:

ԱՄՊՆ ՈՒ ՍԱՐԸ

Ոչ մի կաթիլ
Թոն չտալով
Երաշտից սով
Մեծ գավառին,
Ամպը վերից
Ջիլ սահելով,
Գնաց հասավ
Օվկիան ծովին:
Այնտեղ, վերից
Մխվեց,
Կախվեց,
Ուզածի պես
Թափվեց,
Չափվեց.
Ու կանգնելով
Մեծ սարի դեմ,
— Տեսա՞ր, — գոռաց,—
Ի՛նչ առատ եմ:
— Վայ քո ճարը, —
Ասավ սարը, —
Մե՛ծ բան արավ,
Ծո՞վն էր ծարավ...
Մի մեծ գավառ
Մատնեց սովին,
Թոնը բերեց
Հանձնեց ծովին:

ԳՅՈՒՂԱՑԻՆ ՈՒ ԱՍՏՎԱԾ

Տրտնջալով իր չար բախտից,
Վեր բերելով աստված թախտից,
Մի աղքատ մարդ քարոտ ճամփին,
Գետն անցկացավ: Նստեց ափին
Մի խոր ձորում, տակը ծառի,

Որ արևը խիստ չվառի,
Հով ստվերում: Տրեխնին չոր
Դրեց ջուրը: Շոգից տոչոր
Մի երկու բուռ տաք ջուր խմեց,
Նստավ սրտի վիշտը քամեց:
— Վազան ջրե՛ր, ա՛յ լիքը գետ,
Վիշտս տարեք ծովին ձեզ հետ,
Միրտս նեղ է, իսկ ծովը լայն,
Թե տեղ անի՝ ծովը միայն:
Օրը օրին, հինը նորին,
Հերուն լավ էր, քանց էս տարին.
Սոված, տկլոր, միշտ անտրեխ,
Չորացել եմ, դառել տառեխ:
Հալվել, մաշվել սապնի քրտիկ,
Աշխարհը չար, ագահ մարդիկ:
Փուլ եկ գլխիս, ա՛յ քարե ժայռ,
Տված հոգիդ, տեր աստված, ա՛ռ,
Գնամ-պրծնեմ դառն աշխարհից...
Խոսքը բերնում մին էլ ժայռից
Քարոտ հողը թափվեց չը՛ռ-չը՛՛ռ...
Ափալ,
Թափալ
Խեղճը տեղից ծտի պես՝ թը՛ռ...
Դողը բռնած՝
Բարձր կանչեց. — Կեցցես, աստված,
Մեծ ամբարիշտ,
Լավի համար ականջդ խուլ,
Վատի համար պատրաստ ես միշտ:

ՊՈՒՏՈՒԿՆ ՈՒ ՇԵՐԵՓԸ

— Տակս ոսկի է, —
Մի օր փքված,
Հպարտ, հպարտ
Պուտուկն ասաց:
Շերեփը թե՝
— Սուս, ամոթ է,

Մի՛ պարծենար
Գոնե ինձ մոտ,
Հաստափորիկ
Կավե անոթ.
Հերիք փքվես
Դու քեզուքեզ,
Որտեղի՞ց եմ
Գալիս բա ես:

ԱՂՔԱՏՆ ՈՒ ԲԵՌԸ

Է՛, աշխարհ է...
Անհնար է,
Պատահում է և՛ լավ, և՛ վատ:
Մի խեղճ աղքատ
Ամռան մի օր, գյուղ ետ գալիս,
Ծարավ-ծկակ՝ ջուր խմելիս՝
Ճանապարհին տկարացավ,
Խոսքը մեր մեջ, խիստ փորացավ.
Նա քաղաքում շտապ, հապճեպ,
Շատ էր կրծել ձմերուկի
Եվ վարունգի, սեխի կճեպ:
Ձենը երկիր, երկինք գցած՝
Զիլ կանչում էր լալով. —Աստվա՛ծ,
Էսպես զուլում...
Ինձ մահ մի տուր ձորում, չոլում:
Փութա՛ , գթա՛ , ողորմացի՛ ր ,
Շուտ ուղարկի կամ էշ, կամ ձի,
Որ մի կերպով ինձ տուն գցի:
Խոսք լսելու աստված պատրաստ...
Եկավ մի մարդ նստած գրաստ,
Ոչ խրխնջան, այլ մի զռան,
Քուռակն իր հետ՝ խիստ թռվռան:
Փայտով բոթեց, քաշեց թևից,
Թե՝ մա՛րդ, վեր կաց, մոր ետևից
Խեղճ քուռակը գալ չի կարող,
Պետք է նրան մի շալակող:

Վե՛ր, քուռակին շալակդ առ,
Հաշվի զատկի մատաղի գառ:
Ոստոստ փայտը չար ճամփորդի
Հիվանդ մարդուն հանեց ոտի.
Կռացնելով իրա տակին՝
Շալակն հանեց ջոջ քուռակին
Ու բզելով առաջ քշեց...
Դեպքից սառած
Եվ աչքերը վերև հառած,
Խեղճը նորից աստված հիշեց.
«Ողորմած տեր, փա՛ռքդ հազար,
Օգնությանս ինչ շուտ հասար...
Ցավս քիչ էր,
Քուռակն էլ դեռ
Աղքատին բե՞ռ»:

ՀԱՄԵՐԳ

(Կռիլովից)

Պիկ-պրկ
Մեծ ծաղրածու մի կապիկ,
Էշը,
Այծը,
Բրդոտ արջը ծուռ թաթիկ
Ուզեցին տալ մի համերգ.
Իսկույն ընկան ոտ ու ձեռք,
Թե որտեղից, հազիվհազ
Գտան-բերին նոտա, բաս,
Մի ալտ, երկու հատ ջութակ,
Նստան հովտում, ծառի տակ՝
Գերել իրենց բուն ձիրքով
Արար-աշխարհ բովանդակ:
Ճըզը՛, վը՛զը, խը՛փ, խըփո՛ց,
Կընտ, կընտ, կնտնտոց...
Բան դուրս չեկավ համերգից,

Կապիկն էդտեղ դուրս շարքից.
— Է՛, մեր տղերք... է՛, դադար,
Սա՞ ինչ գործ է կիսկատար,
Եկեք հեշտ կարգ հաստատենք,
Այնպես նստենք վիստվիստենք.
Միխո՛, ալտի դեմ՝ բասով,
Միայն՝ վիստ-վիստ հավասով,
Ես էլ երկրորդ ջութակի,
Ճիշտը, առանց կատակի.
Ա՛յս է, պար-պար հավասար,
Պար կբռնեն անտառ, սար:
Նրանք եղան տեղափոխ,
Բայց համերգն է անփոփոխ:
— Տղերք, հերիք...
Քթից բերիք,—
Էշը զռաց,—
Քիչ սպասեք՝
Ուղղեմ ձեռաց
Ես իմ գտած հնարքով,
Պիտի նստենք մի շարքով...
Ու լսելով
Էշ քեռուն,
Անուն-անուն
Մեծի կարգով
Շարվան շարքով
Լուրջ, վայելուչ.
Գործն էլի փուչ...
Խումբն սկսեց կռիվ, վեճ,
Ծուլի, ծուլի,
Առաջվանից էլ ավելի
Վեճը խիստ էր,
Ով՝ ոնց նստեր:
Պատահեցավ սոխակին
Ներկա լինել աղմուկին:
Նրանք չորսով,
Աստւխոսով
Եկան աղաք,
Ասին՝ սոխակ,
Դու մեզների՛,
Քիչ համբերի՛.

Մեր էս գործը կարգի դիր,
Մեր կասկածը փարատի՛ր:
Նոտա էլ կա և չորս գործիք ջոկ, տարբեր,
Միայն ասա, ինչպե՞ս նստենք, մեր ախպեր:
Սոխակը թե՝ ասեմ ճիշտ,
Որ դուք դառնաք երաժիշտ,
Ձեզ պետք է ձիրք, նուրբ ականջ,
Մի հասարակ պարզ պահանջ:
Իսկ դո՛ւք, բարի ընկերնե՛ր,
Հիմա և այլ անգամներ
Ինչպես էլ որ չնստեք,
Քաշեք, քսեք, քամստեք,
Դուք երաժիշտ դառնալ չեք…

ՍԱԳԵՐԸ

(Կռիլովից)

Մի գյուղացի
Մեծ սագախումբն առաջն արած՝
Հա՛ քշում էր ճիպտահալած,
Որ շուտ հասնի քաղաք, շուկա:
Հայտնի բան է, որտեղ շահ կա,
Ոչ թե միայն լոկ սագ ու մագ,
Մարդն էլ կերթա հենց ոտի տակ:
Գյուղացուն չեմ մեղադրի,
Բայց արի տես՝
Միտքն ուրիշ էր այն սագերի:
Ղու-ղա՛, ղու-ղա՛ ...
Պատահելով ճամփին մարդու՝
Ասին. — Աղա՛,
Դատ արա դո՛ւ:
Այն գյուղացին, երես առած,
Չի իմանում
Ինչ սագեր են իրա դիմաց:
Մենք սագեր ենք, հա՛, հասարա՞կ,

Որ առել է սա ճիպտի տակ,
Ասա, իսկի, պատիվ, հարգանք,
Մենք մեր գլխին ի՞նչ հողը տանք.
Խիղճ, խղճմտանք քչացել է,
Աշխարհը հո փչացել է...
Չջոկելով արմատ ու բույս,
Էլ չի հիշում կոպիտն անուս,
Որ իսկ և իսկ
Այն սազերն են մեզ ցեղակից.
Որոնք Հռոմն
Ազատեցին մեծ փորձանքից,
Եվ մեզ համար
Տներ էլ կան այնտեղ դրված...
Ճամփորդը, թե՝
— Դո՞ւք ինչով եք աչքի ընկած...
— Մեր նախնիքը...
— Այո՛, գիտեմ,
Կարդացել եմ, ո՞վ է ընդդեմ:
Նախ ձեր տված օգուտն ասեք,
Ապա դառեք նոր աշխարհը դուք բամբասեք,
«Մեր նախնիքը... Հռո՛մ... Հռո՛մ...»:
Ա՛խ դուք սազեր ճառք ու ճռռմ,
Հոքիր, Հռոմ,
Առաք անցաք նախնի՛ք, նախնի՛ք...
Ձեր, ձե՛ր արածն ի՞նչ է կանխիկ:
— Ոչինչ...
— Որ էդպես է, լեզուներդ ի՞նչ:
Խնդրում եմ խիստ,
Ձեր պապերին թողեք հանգիստ,
Նրանք իրենցն հո ստացան,
Պատմության մեջ անմահացան:
Հարկը՝ հարկավորին,
Պատիվն արժանավորին:
Իսկ ձեզ՝ շամփուր խորովածի...
Մնաք բարով, ես գնացի:

ԿԱՐԱՊԸ, ԽԵՑԳԵՏԻՆԸ ԵՎ ԳԱՅԼԱՁՈՒԿԸ

(Կռիլովից)

Ինչքան կուզեն իրենց տանջեն,
Երբ ընկերներն համերաշխ չեն,
Օգուտ չունեն բռնած գործից.
Ա՛յ, մի առակ կյանքի փորձից:
Թեև անցուկ,
Բայց ոչ մոռցուկ:
Մի կարապ, մի խեցգետին, մի գայլաձուկ
Բարձած սայլը տեղից քաշել ուզեցին
Եվ երեքով եկան սայլին լծվեցին:
Ի՛նչ են անում,
Ի՛նչ չեն անում,
Սայլը տեղից հո չի շարժվում.
Շատ թեթև է բեռը թվում,
Բայց կարապը վեր է թռնում,
Խեցգետինը քաշում է ետ,
Գայլաձուկն էլ հո՛ դեպի գետ:
Ով էր արդար, ով մեղավոր՝
Մենք չդատենք: Բանն այն է, որ
Մինչև այսօր
Թե՛ սայլ, թե՛ բեռ
Նույն տեղն են դեռ:

ԱՂՎԵՍՆ ՈՒ ԽԱՂՈՂԸ

(Կռիլովից)

Հին առակ է.
Աղվեսի դունչը խաղողին
Չհասավ, ասավ՝ խակ է:
Սոված աղվես
Մտնի պարտեզ…

Տեսնի խաղող,
Օ՜խ... արնկող
Հակինթ ճիթեր
Վերից կախ-կախ,
Ա՜յ թե կուտեր
Աչքն էր տեսնում,
Դունչ չէր հասնում:
Էստեղ պուպուզ,
Ընտեղ կուկուզ,
Էս վազի տակ, էն վազի մոտ,
Վերջն աչքե՝ տես, բերնե կարոտ,
Խիստ սրտնեղած
Ելավ գնաց
Պարտեզից դուրս՝
Հետն ասելով.
— Մի խոսքով,
Լավ է տեսքով,
Բայց խակ է, կանաչ է,
Ուտելու բան չէ,
Բերանդ տաս՝
Ատամհարիք
Կստանաս:

ԿԱՊԻԿՆ ՈՒ ԱԿՆՈՑՆԵՐԸ

(Կռիլովից)

Ծերացել էր կապիկը,
Լավ չէր տեսնում պապիկը.
Առավ ակնոց՝
Մի ողջ կապոց:
Ակնոցները փոքր ու մեծ՝
Ձեռքին շուռումուռ տվեց:
Մին դնում է իր գլխին,
Մին էլ պոչի մեջտեղին,
Մին լիզում է, թքոտում,
Մին էլ սրբում, հոտոտում:

Հա՛ վարձում է, հա՛ փորձում,
Բայց ակնոցը չի գործում,
Էն պսպղուն ապակին
Լույս չի տալիս պապիկին:
— Կորչե՛ն,—գոռաց, — ջուխտ ու կենտ.
Նա՛ է հիմար, նա՛ է խենթ,
Ով լսում է այդ խոսքին,
Մարդկանց հազար մի ստին:
Սրանց մասին
Ինչ որ ասին,
Սուտ է, սուտ,
Էս ապակին
Խավար աչքին
Ի՞նչ օգուտ:
Ու կապիկը՝
Ծեր պապիկը,
Խորը վշտով ակնոցները
Էնպես խփեց չոր քարին.
Որ ջուր կտրած փշրանքները
Կանաչ, կարմիր կապեցին:

ԱՇԽԱՏԱՍԵՐ ԱՐՋԸ

(Կռիլովից)

Արջը տեսավ, որ գյուղացին,
Իր անտառի մարդ դրացին,
Լծաղեղ է ծռում, շարում,
Վաճառելով ապրուստ ճարում,
Ինքն էլ ուզեց, ի՛նչ էլ լինի,
Լծաղեղներ վաճառք հանի,
Ապրի հենց նույն աշխատանքով:
Անտառը լցվեց շըխկ ու ղըխկով.
Անտառի արջ՝ Մխիկ քեռու
Ձայնն է լսվում հեռվից հեռու:
Ջարդեց, բրդեց
Ընկուզենի, կեչի, թեղի

Գետին թափեց,
Բայց անտեղի,
Էդքան ծառից նա չծռեց ոչ մի աղեղ:
Փրփուր մտած Միխիկն այստեղ
Գնաց մարդու մոտ խորիրդի.
— Ա՛յ հարևան, աղամորդի՛,
Պատճառն ի՞նչ է, ինձ հաղորդի,
Ծառ կտրելու տեսնում ես՝ կա,
Աղեղ ծռելու իսկի չկա:
— Պատճառն այն է, ա՛յ, ասեմ քեզ,
Քավոր Միխիկ, որ դու չունես
Համբերություն ասած բանը, —
Պատասխանեց հարևանը:

ԳՅՈՒՂԱՑԻՆ ԵՎ ՄՇԱԿԸ

(Կռիլովից)

«Նեղն ընկնելիս ոտն ենք պաչում,
Լենն ելնելիս՝ հիմար կանչում»:
Մշակի հետ ծեր գյուղացին
Իրիկնադեմ մութ անտառով
Հունձ անելուց տուն գնացին:
Մին էլ մի արջ մռմռալով
Դեմից կտրեց նրանց ճամփեն,
Վախից փռաց ծերի թափեն,
Դեռ վա՛յ չարած նա մի բերան
Արջը տակովն արավ նրան:
Տրորելով և զգելով ոտուձեռից,
Ազատվել էր ուզում բեռից,
Պատրաստվում էր տեղ փորելու
Ծերուկ որսին մեջն հորելու:
Խեղճ ծերուկը արջի տակին՝
Ձայն է տալիս իր բատրակին.
— Տղա, Փիլոս, հասի՛ր, կացի՛ն,
Էս գարշելի արարածին...
Քաջ Փիլոսը, նոր Հերկուլես,

Ձեռքի կացնով զարկելուն պես
Արջի գլխին, չոր գանգն արավ
Մեջտեղից կես: Եղանով էլ աղիք-մաղիք
Գետին թափեց: Մաղիկ-մաղիկ
Մոնչալեն սատկեց արջը:
Խոսքի կարճը.
Մեծ փորձանքն անցավ,
Տերը վեր կացավ,
Բերանը բացեց, աչքերը խփեց,
Բատրակի գլխին ինչ ասես թափեց:
Շշմեց Փիլոն, ասավ, — Մուխսի՛,
Է՞դ ինչի...
— Չո՛ռ քո պնչին,
Փո՛ւչ կենդանի,
Գրողը տանի՛...
Ա՛յ ինչ ասեմ քո յոթ պորտին,
Փչացրիր արջի մորթին,—
Ասավ Մուխսին
Արջից փրկող
Էն Փիլոսին:

ՄՈՐԹԱՊԱՇՏԸ

(հայկական)

Գերի մուկը խնդրեց կատվին.
— Աղա՛ փիսո, տե՛ր թանկագին,
Արի ինձ թող,
Դառնամ մի դոխ,
Լխտիկ ու գեր,
Բոնիր ու կեր:
Թե վաղ, թե ուշ՝ քեզ համար եմ,
Բայց հիմա ես շատ նիհար եմ:
Դու էլ չուտես,
Չո լավ գիտես՝
Որդիդ կուտե,
Ասա, սո՞ւտ է:

Այ, սատկես դուն, —
Ասավ կատուն, —
Առաջ մորթուս,
Հետո որդուս:
Մկին բամփեց,
Փորը ճամփեց:

ԵՍ

Ագռավը բռնեց մի խեցգետին և նստեց ծառին:
Խեցգետինն ուզեց ազատվի, կտցիցը զատվի ու ասավ նրան.
— Ոսկեհատիկ, ագռավ տատիկ, ո՞վ է մեզնից կեղտոտը:
Ագռավը սեղմեց կտուցը և կռռաց.
—Դո՛ւ...
—Ոսկեհատիկ, ագռավ տատիկ, ո՞վ է մեզնից նախշունը:
Ագռավը բացեց կտուցը և կռռաց.
— Ե՛ս...
Կտուցը բաց անելուն պես խեցգետինը կտցից ընկավ ջուրը և իրեն ազատեց:

ԽԽՈՒՆՋՆ ՈՒ ՍՈՒՆԿԸ

Նստել է խխունջը սունկի վրա, բարկանում է, նեղանում ու անցնողին նախատում:

— Էս ի՜նչ է թռչկոտում ճպռոտ ճպուռը, ասես չի կարող ինձ նման ծանր ու մեծ նստի: Թիթեռները թրթռում են, թռչնակները ծլվլըլում, խխունջը նորից կատաղում է.

— Սրանք ի՜նչ են թռչում, թռչկոտում, ի՜նչ են երգում, էլ ուրիշ գործ չունե՞ն: Ա՛յ, ուրիշ բան եմ ես, ոչ թռչկոտում եմ, ոչ երգում: Թռչե՞լ որն է, երգե՞լ որը:

— Է՛ քուրիկ խխունջ, — հառաչում է սունկը, — գիտե՞ս ինչու ենք լուռումունջ մնացել էստեղ. ոչ թռչել գիտենք և ոչ էլ երգել:

ՀՊԱՐՏ ԱՔԼՈՐԸ

Աքլորը թռավ ընկավ հարևանի բակը: Ճղղաց, ճղղաց, բակի աքլորին կտցեց, կտցահարեց, բադերին դուրս արեց, հավերին մի տեղ հավաքեց ու հետո հարձակվեց փոքրիկ շան վրա:

Բակն իրար անցավ: Աքլորը կանգնեց ու հպարտ—հպարտ կանչեց.

— Ծուղրուղո՛ւ, դուք ո՞վ եք, չասեք թե դուք խմբով եք, ես մեն-մենակ. բոլորիդ՝ հավիդ՝ բադիդ, աքլորիդ, ինչ ուզենամ, էն կանեմ, շանն էլ բակից կհանեմ:

Հարսը լսեց բակի աղմուկը, վազեց բռնեց աքլորին, դուրս շպրտեց բակից ու ասավ.

— Կորի՛, գնա՛, անպիտան, քեզպեսին էլ երես տա՞ն, բավական չէ բակումն է, ուրիշին էլ թակում է:

ԿԱՉԱՂԱԿԸ

Չալ կաչաղակը թռչում էր, թռչում ու ծառին նստում: Նստում էր, նստում, պոչիկն էր շարժում: Շարժում էր, շարժում ու երգեր ասում.

—Կա, չէ, կա, չկա, չէ:

Նորից թռչում էր, թռչում էր, թռչում ու ծառին նստում. նստում էր, նստում, պոչիկն էր շարժում ու երգեր ասում.

—Կա, չէ, կա, չկա, չէ:

Նորից թռչում էր, թռչում էր, թռչում ու ծառին նստում: Ծառին էր նստում, պոչիկն էր շարժում, պոչիկն էր շարժում ու երգ էր ասում.

—Չկա, չէ, չէ...

ՍԵՐՈԲԸ

— Սերո՛բ, — ասում է հայրը, — գնա հարևանից արշինը բեր, կտավը չափենք:

— Է՛, բան չունես, հայրիկ, ի՛նչ նեղություն տանք հարևանին, ես

գիտեմ, որ մեր կատուն պոչից մինչև ականջի ծայրը մի արշին է: Էլ արշինն ի՞նչ կանենք:

— Սերո՛բ, Սերո՛բ, — ասում է հայրը, — ապրես, գնա հարևանից գրվանքանոցը բեր, պանիր կշռենք:

— Է՜, բան չունես, հայրի՛կ, ա՜յ, մեր սատկած էշի սմբակը մի գրվանքա է:

— Սերո՛բ, Սերո՛բ, դու ինձանից թեթև ես, մի դուրս վազի տես եղանակն ինչպես է:

— Է՜, հայրիկ, էլ ի՞նչ գնամ, կուզես մեր շանը կանչեմ, թե մազերը չոր են, հո եղանակը պարզ է:

— Սերո՛բ, Սերո՛բ, — շունչը կտրած ասում է հայրը, — հացը բկիս կանգնեց, ջո՛ւր, ջո՛ւր, ջո՜ւր....

— Է՜, հայրիկ, — ասում է Սերոբը, — դու էլ ինչ դժվար բան կա, ինձ ես ասում...

ԸՆԿՈՒՅԶՆ ՈՒ ՈՐԴԸ

Այգում կային զանազան պտղատու ծառեր՝ ընկուզենի, տանձենի, խնձորենի, թզենի: Ընկուզենու կանաչ ճյուղերից կախվել էր փոքրիկ ընկույզը ու օրորվում էր: Մոտեցավ նրան ծերունի որդն ու ասավ.

— Սիրուն ընկուզիկ, թող բունդ մտնեմ, քիչ հանգստանամ, ապրենք միասին: Դու դեռ փոքր ես, քեզ կօրորեմ, հեքիաթներ կասեմ ու քեզ կուրախացնեմ:

—Մի թողնի այդ թափառականին քո տունը: Ո՞վ գիտե դրա տունն ու բունը, վարքն ու բարքը, — ասացին փոքրիկ ընկույզին նրա եղբայրները:

— Այդ ձեր բանը չի, ի՞նչ եք խոսում իզուր տեղը. ես ինձ համար, դուք՝ ձեզ համար, — պատասխանեց ընկուզիկը և հյուր ընդունեց ծերունի որդին:

Ագահ և չարամիտ որդը ծակեց ընկույզի կեղևը, ներս մտավ, միջուկը կերավ, դատարկեց, նստեց ու երգեց.

— Մի նոր ընկույզ ես գտա,
Ծակեցի ու ներս մտա,
Կերա, կերա կշտացա,
Դատարկ մնաց՝ վշտացա:

Այդպես երգում և ծափ էր տալիս ավազակ որդը դատարկ կեղևի մեջ: Ծափ էր տալիս ու ասում.

— Դուրս գամ ծառը չափչփեմ.
Տեսնես ում կխաբխբեմ,
Ինձ որդ կասեն, ծերուկ որդ,
Լեզուս քաղցր, շողոքորթ:

Փոքրիկ, անփորձ ընկույզը զոհ էր գնացել չար, ավազակ որդին... Քամին էր միայն մեջը վզվզում, իսկ հարևանները նայում էին նրան ու ափսոսում:

ԳԱՅԼԻ ԽՈՍՏՈՎԱՆՔԸ

Գայլի մահը մոտեցել էր: Նա մեռնում էր, դրա համար էլ սկսեց իր մեղքերը մեկ-մեկ խոստովանել... Բայց ընդամենը երեք ժամ էր մնացել, որ հոգին տար, իսկ մեղքերն այնքան շատ էին, որ երեք օրն էլ բավական չէր լինի բոլորը խոստովանելու համար:

Գայլը տեսնում է, որ հնար չկա, սկսում է իր արած լավությունները մեկ-մեկ հաշվել:

— Մի անգամ, — ասում է նա, — մի գառ անցավ մոտովս, իսկ ես թեև շատ քաղցած էի, բայց ձեռք չտվի նրան: Հիշում եմ, թե ինչպես այդ ժամանակ մի ոչխար հեռվում կանգնած՝ ծիծաղում էր ինձ վրա, որ ես գառանը մաս-մաս չարի: Բայց չնայելով ոչխարի ծաղրին, ես թողի գառանը, որ ողջ-առողջ անցնի իմ մոտովը:

Էս մեկ... մեկ էլ..

— Հիշում եմ, ա՛յ գայլ, — ձայն տվեց ոզնին, որ կանգնած էր գայլից քիչ հեռու, — այդ բանն այն ժամանակ պատահեց, երբ դու երկու թաթով թակարդն էիր ընկել և չէիր կարողանում տեղից շարժվել:

ՓՇԻ ԳԵՐԵԶՄԱՆԸ

Կառ փուշը գլուխը տնկած, փշերը փռած, փշերը սրած, ուռած ու փքված ինքն իրեն ասում էր.

— Ես այս դաշտի իշխանն եմ, ո՞վ կհամարձակվի ինձ ձեռք տալ: Ես

քանի-քանի քիթ եմ ծակել քանի կովի, եզան ու գոմեշի լեզու կծել: Քանիսի ձեռքից, քանիսի ոտքից արյուն եմ հանել:

Ճիշտ որ, եթե ես իմ քաջությունները համրելու լինեմ, քաջերի քաջն եմ, խաների խանն եմ: Իսկ ինչ կանեմ սրանից հետո, էն էլ ես գիտեմ: Ես վճռել եմ ով մոտիցս անցնի՝

Քաշեմ, մաշեմ, աղեմ, դաղեմ,

Լեզվի միջին փուշս թաղեմ,

Թո՛ղ թրթռան, թո՛ղ մրմռան,

Ես ծիծաղեմ, ես հռհռամ:

Երբ կովերն անցնում էին կառ փշի մոտով, խեթ-խեթ նայում էին նրան ու միմյանց զգուշացնում.

— Չմոտենաս էս հպարտին, կծել գիտե, կծան է, չես կարող դու բերանդ առնել, ոչ տրորել, ոչ ծամել...

Ոչխարներն ասում էին.

— Բուրդներս կքաշի, թող կորչի էս կառը, գլուխը մեծ քարը:

Խոզն ասում էր.

— Արմատդ կքանդեի, քեզ կհանեի, բայց չարժե, որ դունչըս կեղտոտեմ: Գնա կորի, ո՞վ պետք է փորի:

Բայց կառ փուշը գլուխը տնկած՝ իր երգն էր երգում.

Քաշեմ, մաշեմ, աղեմ, դաղեմ,

Լեզվի միջին փուշս թաղեմ,

Թող թրթռան, թող մրմռան,

Ես ծիծաղեմ, ես հռհռամ:

Ու մեկ էլ եկավ էշը, վիզը երկարացրեց, ըռխեց փշի ցից գլուխը, լամեց-լամլմեց, ծամեց-ծամծմեց, կուլ տվեց ու ասավ.

— Փշի գերեզմանը էշի փորն է:

ՑԱՆԿ

www.ingramcontent.com/pod-product-compliance
Lightning Source LLC
Chambersburg PA
CBHW030525020726

47494CB00004B/1242